愛がなんだ

角田光代

角川文庫
14125

目次

愛がなんだ　七
解説　島本理生　二三

愛がなんだ

「あいのひかり公園」で、愛とはほど遠いメンツにかこまれ、愛について考えてみる

ずっと先に高層ビル群の明かりが見える。橙《だいだい》や黄や、白や赤のちいさな明かりが、点滅したりしなかったりしている。それらを映して、夜空は薄い紫色だ。私の頭のちょうどてっぺんに、まんまるより少し欠けた月がある。白い、ちいさな、いびつな月。

ついさっき、五時間ほど前も、マモちゃんちに向かう電車の窓から、私はこの高層ビル群を眺めていた。低い位置に流れる星雲みたいだと思いながら。なんてうつくしいんだろうと感動までしながら。

風邪ひいて寝てんだ、とマモちゃんから電話がかかってきたのは八時すぎだった。今日あたり電話がくるにちがいないとふんでいた私は、会社で残業するふりをしていた。今日

なんにも食ってないんだ。耳に押しあてた携帯電話から聞こえるマモちゃんの声は鼻声で、妙に色っぽく感じられてぞくぞくした。

今すぐそこに駆けつけて、風邪に効く料理をこしらえてあげるよ、と、のどまで出かかった言葉をのみこみ、「なんにも食べてないの？　やばいじゃん」私は言って、なんでもないことのように笑った。求められてもいないことをみずから提言するのはよくない。押しつけがましい。ときに相手をびびらせる。

山田《やまだ》さん、もし、もしだよ？　今会社とかにいて、今から帰るところだったりしたら、なんか買って届けてくれないかな。まじで熱でふらふらして、コンビニもいけないんだよな。マモちゃんは言った。「げえ、私まじで会社にいるよ、帰るところだよ、しょうがないなあ、じゃあたのまれてやっか」言いながら、片手で机の上をかんたんにかたづけて、フロアを出てロッカーから鞄《かばん》を出し、「ほんじゃあ、あとかたづけしたらそっち向かうね」そう言って電話を切るときには、小走りに駅に向かっていた。

けれど今、ずっと先で点灯している高層ビル群の明かりは、もはや星雲なんかには見えない。埃《ほこり》をかぶったショーウィンドウに飾られた、安っぽい、くだらない、にせものくさい豆電球みたいだ。

高層ビルが見えてきたということは、もう代々木《よよぎ》に近いんだろうか。というより先に、地理がわからないからとりあえず新宿を目指しているが、それでただしいんだろうか。今が午前一時二十二分、新宿を通過して自分の家にたどりつくのは、いったい何時になるのだろう。神の子イエスさまに一目会うために、星の光を追って歩いた博士たちって、こんな気分だったんだろうか。五歳のころのことをふいに思い出し、もうろうとしてそんなことを考える。幼稚園の年長組のとき、クリスマスのページェントで私はその博士2を演じた。乳香を持って歩く博士の役だ。「見よ、ベツレヘムの星があそこに瞬いている。あの下に、我々の王となられるかたがいらっしゃるのだ」と、客席高くぶらさがる金紙の星を指して、言うのだ。

ふくらはぎは早くも痛みはじめていて、のどが渇いた。それに、この暑さ。九月もなかばだというのに、いつまでこの残暑は続くのか。額は汗でぬらぬらしている。冷たいビールを思いきり飲みたい。冷たいペプシでもいい。冷たいシャワーでもいい。冷房のきいた車両でもいい。

今歩いてきた三十分の道のりを引き返して、マモちゃんのアパートに戻り、走ったけど終電に間に合わなかった、しかも財布を見たらタクシーに乗るお金がなかった、と正直に言おうか。眠らせてくれとは言わない、始発電車が出るまで部屋のどこかに置いてくれとたのもうか。

幾度もそう思うが、しかしそのたび自分でそれを強くうち消す。きっと嘘だと思われる。泊まりたいために嘘を言っていると思われる。それできっと、嫌われる。嫌われるくらいだったら、あと三時間でも五時間でも、朝がきて昼になっても、足の痛みとのどの渇きを抱え東京砂漠で行き倒れても、戻らず自分のアパートを目指したほうが何百倍もいい。

こんな時間に街道沿いを歩いている人なんかだれもいない。車はとぎれることなく、白や黄色のライトを流して私のわきをすり抜けていく。少し先にコンビニエンスストアがある。看板がアスファルトをほんのり白く染めている。歩きながら、さっき見たばかりの財布の中身をもう一度確認する。三百二十七円。飲みものくらいなら買える。ペプシといわず、発泡酒くらいなら。

ファミリーマートの店内は、涼しくて、通りにひとけはまったくないのにそこそこ混んでいて、ほっとした。キャミソール姿の女の子と、秋物のニットを着た女の子が、雑誌コーナーで立ち読みをしている。スーツを着た若い男が弁当をひとつひとつ手にとって吟味している。カップルが、売れ残って安くなった花火をきゃあきゃあ言いながら選んでいる。

好きな人のアパートを追い出されて、電車で一時間近くかかる道のりを歩いて帰ろうとしている私も、彼らがそうであるのと同様、ここにいることが当然であるかのように思えてくる。存在がひどくまっとうであるかのような。何もまちがっていないような。五百ミリリットルの発泡酒を一本買う。ありがとうございました、とレジ係の、金髪眉《まゆ》ピアスのおにいさんに言われて、不覚にも泣き出しそうになる。なんだかその言葉が、自分だけに向けられた特別な言葉であるような気がして。

店を出てすぐプルトップを開ける。きんと冷えた苦い液体がのどをすべりおちていく。首を傾けてごくごく飲むと月はまだ頭の上にある。

三分の一ほどを一気に飲んで、ふたたび歩きはじめる。地図看板に気づいて近づくと、もうずいぶん歩いた気がするのに、マモちゃんのアパートからそれほど離れてはいない。町名すらかわっていない。絶望的な気分になるが、自分の歩いている道が環状七号線だと知る。環七って高円寺《こうえんじ》にも走っていなかったか。ということは、このまま歩けば新宿を経由せずとも高円寺につくのか。しかし、いったいあとどのくらい歩けば、高円寺にたどりつくのか。

地図のなかに、高井戸《たかいど》、という文字を見つけ、私は携帯電話を取り出す。アドレスから坂本葉子《さかもとようこ》を捜し出し、通話ボタンを押す。

葉子はまだ起きていたらしく、二度目の呼び出し音で電話に出た。自分のアパートから遠く離れた町にいて、財布には百円と少ししかないことを簡潔に伝える。

「それで、ねえ、町の地図を見たらね、どうやらここから高井戸は近いらしいんだけど、葉子ちゃんちにいってもいいかなあ」

地図に顔を近づけて、現在地と高井戸までの距離をはかりながら私は言う。人差し指ぶん、二十分も歩けばつくのではないか。

「何やってんの、あんたは？」葉子は独特の甲高い声で言い、私のいる場所を訊《き》いて、てきぱきと指示をする。「そこからなら二千円しないと思うからタクシーに乗りなさい。私が払うから。甲州街道《こうしゆう》じゃなくて井の頭《いかしら》通りに出てください、と言うのよ、高井戸団地で左折してください、と言うのよ、レンタカー屋の前で私待ってるから、早くきなさい、わかった？」

井の頭通りに出てください。高井戸団地で左折してください。口のなかでくりかえしながら、残りの発泡酒をちびちびと飲み、流れる車のなかに空車ランプを捜す。

いったい何が悪かったんだろう。どこで失敗したんだろう。一から順序立てて考えてみよう。葉子の家にたどりつくまでには、答は出ているかもしれない。

帰ってくれるかな？　遠慮がちに、けれどきっぱりと、マモちゃんは言った。ぞくぞくするような色っぽい鼻声のまま。どうもありがとう、めし買ってきてくれてたすかったよ、と、私を部屋から追い立てるようにしてマモちゃんは言った。熱のせいで頬を子どものように赤くして、不機嫌そうに。

彼を不機嫌にさせた理由はなんだ？　コンビニの鍋焼《なべや》きうどんでいいと言われたのに、スーパーで買いものをして温サラダと味噌《みそ》煮込みうどんをつくったことか。カビキラーまで買っていって風呂場《ふろば》を掃除したことか。プラスチックとティッシュがいっしょになったゴミ箱を検分し、燃えるものと燃えないものに仕分けしたことか。空車ランプはなかなかこない。

行動ではなく、私の話したことかもしれない。私は今日、熱があるというマモちゃんに何を話したんだっけ。仕事の話、あまり仲のよくない同僚の女の子たちの話、それから、夢の話もしたような気がする。夢の話なんか退屈に決まってるのに、なんで話したりしたんだろう。呼び出されて調子に乗っていたのか。空車ランプを一台見過ごし、舌打ちをする。

考えていると、私のすべてが彼を苛《いら》つかせるのに値するように思えてくる。空車ランプを見過ごすところとか、目のかたちとか化粧のしかたとか、今着ているカットソーとスカートの組み合わせとか、尻《しり》とか呼吸のリズムとか、もう私の全部が全部。

ようやく一台のタクシーがつかまり、乗りこみながら私は葉子のせりふを復唱する。甲州街道じゃなくて井の頭通りで。高井戸団地で左折してください。あいよ！　お仕事ご苦労さん、突っ走るからねえ。初老の運転手は謎のハイテンションで叫び、車を発進させる。こんなに遅くまでお仕事、たいへんだよねえ、このご時世は。いやんなっちゃうよねえ。運転手は鼻歌をうたうように言い、その調子につられ、「私ってあなたを不快にさせますか」と思わず訊いてしまいそうになる。こらえる。訊いたってしかたない。

レンタカー屋の前でタクシーをとめてもらうと、ナカハラくんが立っていた。おねえさん、思い人が立ってるよ、しあわせだねえ、運転手は言いながら後部座席のドアを開ける。ナカハラくんがすかさず千円札を数枚、「これ、葉子さんが」言いながら私に手渡す。料金は葉子の言ったとおり、千七百二十円だった。

「毎度。仲良くね」

運転手は釣りを手渡しながらかわらないハイテンションで言い、車を発進させる。

「ナカハラくん、きてたんだ。どうもありがとう。葉子ちゃん、怒ってないよね？」

当然彼も葉子の家に向かうものと思い、話しながら歩き出すが彼は、その場に突っ立っている。

「どうしたの、葉子ちゃんのとこに戻るんでしょ？」

「あ、ぼく、帰るっす。テルコさん、またみんなで飲みましょう」

ナカハラくんは言って、手をふりながらあとずさっていく。

「なんで？　なんで帰るの？」

私は訊くが、彼は答えず、くるりと背を向けて白ちゃけた夜のなかへ走っていってしまった。

きっと葉子が帰れと言ったのだ。テルちゃんは話があるにちがいないから、あんたがいたら邪魔だ、帰れ、と。そうしてナカハラくんは、さっきの私と同じように、この明るい夜空の下をとぼとぼ歩いて帰っていくのだ。なんだか、どんなふうにかはわからないけれど、世界はみんなどこかで折り重なって、少しずつつながっているのかもしれない。

葉子の家へと続く門を、音をたてずに開ける。同じ敷地内に平屋建ての母屋と、以前は茶室に使っていたらしい離れがある。母屋には葉子の母親が住んでいて、風呂や部屋を建て増した離れには葉子がひとりで暮らしている。ふたりきりなのだから母屋で一緒に暮らせばいいのに、と思わないこともないが、人の家庭のことはあまりよくわからない。とにかく、こうして夜半に葉子宅をたずねるときは、母屋の母親を起こさないように、きしむ門をゆっくりと開け、物音をたてないように敷石を踏み、葉子の住むちいさな平屋のインタフォンを押す。

「ナカハラくんにいてもらったってよかったのに。ごめんね、お金は借りるわ彼氏は帰らせるわで」

玄関先で声を落とし言うと、

「そんな気をつかわなくたってあのババアは起きないわよ、それから、ナカハラは彼氏じゃないよ」

出迎えた葉子は不機嫌そうな声を出し、私に背を向けて廊下を進む。

「彼氏じゃなかったら、じゃあなんなのよ」

葉子のあとを追いながら訊く。

「ツカイッパっていうか飼い犬っていうか下僕っていうか」

葉子は真顔で言って、台所の冷蔵庫からビールをとりだしてくる。受け取るとそんなに冷えていない。きっと、私の電話を受けて直後、ナカハラくんに買いにいかせたのだろう。住宅街のどまんなかのここからコンビニエンスストアまでは二十分近くあり、そこで買ったビールはいつもぬるくなる。

「ごめんね、こんな遅くに」

「私はいいわよ、いつも眠るのは三時ごろだし。それよりなんなの、どこにいたのよ？なんでお金も持たずに歩いて帰らなきゃなんなかったわけ？」

葉子の家の、薄暗い居間で私たちは向きあって座る。ビールを飲みながら、できるだけ「客観的に」私は説明する。今までマモちゃんちにいたこと。風邪をひいたので買いものをしてほしいとたのまれ、煮込みうどんをつくったこと。たのまれてもいないのに風呂掃除をしたこと。そうして、泊まるつもりでいたのに急に帰されたこと。終電を逃し、財布に金がなく、とそこまで説明したときに、葉子の家の玄関が遠慮がちにノックされる。

「ナカハラくんかも」腰を浮かした私を手で制し、

「母親よ」葉子は言って玄関へ向かう。

「ねえ、今きたの、テルコちゃんでしょ、あたしさあ、今日は眠れなくて起きてたの、それでさあ」たしかに、玄関の方向から聞こえてくるのは葉子母の声だ。葉子母の声は廊下をすべるように近づいてくる。「あーやっぱり、テルコちゃん、ひさしぶり、よくいらしたわねえ」居間の襖《ふすま》から顔を出し、葉子母は満面に笑みをつくる。「これさあ、おばちゃんつくったの。こっちは夕食の残り。残りっていっても、箸《はし》つけないで分けておいたぶんだから汚くないの。それからこっちは今つくったの、どうぞおつまみに」言いながら居間に入ってきて、手にしていた皿をちゃぶ台に並べる。葉子母はへんな恰好《かっこう》をしている。外国映画で日本の女が着ているような、妙に派手な着物型ガウン。

「あーもう、おかあさん、いいわよ、テルちゃんは私に話があるんだから邪魔しないで」

「はいはい邪魔はしませんよ、これね、オムレツ、ふつうに見えるでしょうけど、ちょっとちがうの、今日お昼のテレビでやっててね、バターのとけきらないうちに」

「おかあさん、もういいって、時間見てみなよ、もう深夜だよ？　深夜にオムレツなんか食べないよ」

「すごい、おいしそう！」私は声をあげる。マモちゃんに煮込みうどんはつくったが、自分はビールしか口にしていないことを急に思い出す。「いただきます！」

「それでこっちはふつうのね、茸《きのこ》の炒《いた》めもの、テルコちゃん、ちゃんとごはんは食べてるの？」

「おかあさん、いい加減にしないと本当に私怒るよ？」

「ああもう、はいはい、それじゃあ失礼いたしました、じゃあね、テルコちゃん、明日早く目覚めたら母屋に朝ごはん食べにいらっしゃい。それじゃあね、戸締まりちゃんとして寝るのよ」

派手なガウンの裾《すそ》をひるがえして、葉子母は居間を出ていく。玄関の戸が閉まると、おどろくほどしずまりかえる。葉子は大袈裟《おおげさ》にため息をついてみせ、冷蔵庫からあたらしいビールを出してくる。

「ねえ、いったいなんなのよ、その男？」葉子は、母親の闖入《ちんにゅう》などなかったかのように話をもとに戻す。「こいっつったのは向こうなんでしょ？　しかもさあ、真夜中に女の子がひとりなのに、送りもせずに帰すってどういう神経？　風邪ひいたって、きてめしつくれって、そいつ何さま？　だいたいさあ、どうしてテルちゃんもそれでおとなしく帰ってくるかなあ」

言っていて白熱してきたのか、最後のほうは唾《つば》を飛ばしてまくしたて、葉子は一気にビールを飲み干す。

「あのね、葉子ちゃん。訂正するけど、きてめしつくれ、とはだれも言ってない、もしよかったら買いものをしてきてほしい、って言ったの。真夜中に送らないっていうのは、熱が九度近く出てるからなの」オムレツはふわふわで、なつかしい味がした。バターのとけきらないうちにどうするのか、最後まで聞いておけばよかった。そうしたら、今度マモちゃんに食べさせてあげられたのに。「葉子ちゃん、ちょっとこれ食ってみ、マジおいしいよ」顔をあげると、葉子は眉間《みけん》に深いしわを寄せ、

「これだからあんたって人は！」

急に大きな声をあげる。葉子はいきなり立ち上がり、私は反射的に身がまえるが、彼女はそのまま台所へいきあたらしい缶ビールを二本、出してくる。一本を受け取るとさっきより冷えていた。

「あのねえ、そんなふうに言いなりになってると、関係性がきまっちゃうよ？　向こう、どんどんつけあがるよ？」

葉子は私を真正面から見据え、強い口調で言った。

言いなりになる、とか、相手がつけあがる、とか、関係性、とか、葉子はよく口にするが、それらは彼女の独特な人間関係観、もしくは恋愛観である、と、私は思っているので、えへへ、と曖昧《あいまい》に笑う。私のなかに言いなりだのつけあがるだのという言葉は、存在しない。存在するのはただ、好きである、と、好きでない、ということのみだ。けれどこれも、きっと私独特の人間関係観であり恋愛観であり、葉子には意味不明なのだろう。私は言いなりにはなっていないし、マモちゃんはつけあがったりしないよ、とは、だから私は言わない。

「悪いこと言わないから、やめときな、そんなおれさま男。また前とおんなじことになるよ。もっと自分が優位にたてるような恋をしなよ」

葉子は言って、私のたいらげたオムレッと茸炒めの空皿をかたづける。寝室になっている向かいの部屋からTシャツと短パンを持ってきて、私に投げてよこす。

「それ飲んだら、寝よ寝よ。私お風呂《ふろ》入ってくる」

言い残して風呂場へと消えた。

私がくる前、ここでナカハラくんと葉子は何をしていたんだろうと思いながら私はビールを飲む。多くの恋人たちは部屋で何をして過ごすのだろう。言いなりにならないようにしたり、つけあがったりしないようにしながら、ごはんを食べて並んでテレビを見るのだろうか。そんな毎日のなかで、けれど、相手を好きだと思うかたちのない気持ちや気分を、いったいどんなふうに示すんだろう？

葉子のTシャツと短パンに着替え、空き缶をつぶす。居間の障子を開けて空を仰ぐと、さっき頭上にあった月が遠くにちいさく見えた。

眠い。昨日葉子の家で眠りに落ちたのが午前四時半、七時半に起きて八時に部屋を出てきたから、三時間しか眠っていないことになる。コンピュータと向きあい、データを入力するふりをして私は眠ろうと試みるが、二回ほどまどろんで画面に頭をぶつけ、さっきは椅子から落ちそうになった。周囲の目がだんだんけわしくなっている気配がするから、睡眠はあきらめる。昼休み、公園で眠ることにしよう。

東京グローバルサービス（株）という謎の会社で、契約社員として勤めはじめたのは一年と少し前のことだ。今年の春に、契約社員は全員正社員に昇格した。正社員になりたくない人は辞めていったが、私は正社員になった。正社員になれば、クレジットカードもつくれるしボーナスも出る、何よりどこかの会社に正式に属すのははじめてで、二十八歳になってこの先アルバイトなんかあるのだろうかと不安に感じていたところだったから、ありがたい話だった。

実際のところ、ボーナスは出なかったし、毎月の給与は契約社員のときのほうが多かった。残業手当がつき、それは時給の三割増しだったからで、正社員は固定給、どんなに残業しても無償奉仕にしかならない。クレジットカードはつくれたが、結局以前より収入が減って、カードはまだ一度も使っていない。

正社員になったっていいことなんかひとつもなかった。あるとすれば、この年でアルバイトを捜すはめになるかもしれないという不安と無関係になれたこと、それくらいだ。それでとりあえず、今も私は東京グローバルサービス（株）企画部企画課の正社員である。仕事内容は契約社員のときとまったくかわらない。性別、年代別、地域別、職業別、ときにはよくわからない区分にしたがって、配布され回収された膨大なアンケート——脇毛の処理について、メイク道具について、アダルトビデオについて、冷凍食品について、OA機器について、定額貯金について、購買雑誌について——の答を、コンピュータに打ちこんでいくのである。延々と。気の遠くなるほど延々と。

十一時半を過ぎると、同じフロアの女の子たちがそわそわしはじめる。彼女たちは午前中いっぱい、昼飯をどこで食べるかメールで相談してつぶし、十一時半を過ぎて、だれが先に店に向かいみんなの席を確保するか、仕事のふりをして相談し、十一時四十五分にはひとりさりげなくフロアを出て店に向かい、十二時ぴったりに残りの全員が出ていく。すばらしい連携プレイだ。

しかし、そこまで入念に隠蔽《いんぺい》しなくても、彼女たちの行動に、とくにだれも注意を払っていない。十一時半に昼食をとりにいってもだれも咎《とが》め立てしないし、こっそり行動しなくても私は誘われないことを根に持ったりしない。けれど彼女たちは毎日、最前線にいる兵隊たちのように入念にローテーションと作戦を組んで会社を飛び出ていく。きっと、そうしていたほうがたのしいのだろう。単純に、日々に張り合いが出るんだろう。

十二時を少し過ぎて、私はフロアを出る。一階にあるコンビニエンスストアでカルビ弁当と缶ビールを買い、歩いて五分ほどの場所にある公園に向かう。

晴れているが、陽射しに真夏ほどの強烈さはない。毒気を抜かれたような太陽が青空にはめこまれている。あちこちのビルから出てきた制服姿の女の子たちや、スーツ姿の男とすれ違う。

会社の一番近くにある公園は、「あいのひかり公園」と名づけられていて、鬱蒼《うっそう》と木々が生い茂り、そのために、公園内は薄暗く、うらぶれた感じがする。

木の腐りかけたベンチや、象や狸の乗りものに腰かけているのは、くたびれた中年サラリーマンや、ぶあつい本を読みふける浮浪者、もしくは、同僚たちに相手にされないのであろう頑固そうな中年女、などである。同じフロアの女の子たちから煙たがられている私もまた、この公園の常連である。昼どきにあつまる私たちはみんな、それぞれ離れたベンチに腰かけ、たがいを見ないようにしながら弁当を食べる。

私はいつもの定位置、メタセコイアの下のベンチに座って、缶ビールを開ける。ぷしゅっと乾いた音が広がるが、もちろんだれも気にとめない。

マモちゃんも今ごろお昼だろうか。冗談かと思うくらい仕事が忙しいとマモちゃんは言っていたから、昼ごはんはもっと遅いのかもしれない。何を食べるんだろう。何を、どこで、だれと。缶ビールは心地よくのどをすべりおちる。

たとえば私は昨日と同じ服を着ている。会社でマモちゃんからの電話を受け、そのまま彼のアパートに向かい、彼の部屋には泊まれずに葉子の家に泊まったわけだが、そのまま出てきたから、服もバッグも昨日と同じだし、化粧もしていない。こういうところが同じフロアの女の子たちから浮いてしまうのだ。

それだけじゃない。たとえば私は就業中でも会議中でも携帯電話の電源を切らない。鳴れば携帯電話に飛びついて、内線が鳴っていようが無視して話しこんだりする。用もないのに残業していたりするし、忙しくてみんなが残業しているときに平気で定時にひきあげたりする。

契約社員として入ってきた当初、一年ほど前は、それなりにみんなとうまくやっていた。とくに、中途採用だったり、私と同じく契約社員だった女の子たちとは年齢も近くて、したしく口をきいていた。昼どきは先輩社員に連れられて、ランチが評判の店に昼飯を食べにいったし、会社の近くの、値段のわりにおいしい飲み屋の情報交換もしていた。

彼女たちがあんまり私に話しかけてこなくなったのは五ヶ月前からだ。期間を正確に覚えているのは、マモちゃんと会ったのが五ヶ月前だからである。

マモちゃんと会って、それまで単一色だった私の世界はきれいに二分した。「好きである」と、「どうでもいい」とに。そうしてみると、仕事も、女の子たちも、私自身の評価というものも、どうでもいいほうに分類された。そうしたくてしたわけではない。「好きである」ものを優先しようとすると、ほかのことは自動的に「好きなものより好きではない」に変換され、つまりはどうでもよくなってしまうのだった。気まぐれに電話をかけてくるマモちゃんの急な約束を全部断らずにいる、ということは、女友達との約束を全部ドタキャンする、ということと、かなしいくらいイコールだった。

皮肉にも、会ったばかりのころのマモちゃんは毎日のように電話をよこし私をデートに誘っていたから、私はずいぶん不道徳なことを続けたのだろう。会社の女の子が何ヶ月も前から予約してくれていた有名なイタリア料理屋も、同じように苦労して手に入れてくれったバーゲン入場券も、サッカーのチケットも芝居の前売り券も、女の子数人でいくはずだった京都一泊旅行も、半年前から計画していた春休みのバリ旅行も、全部反古《ほご》にした。

そんなことが二ヶ月ほど続くと、だれも私を誘わなくなっていた。誘わないがしかし、会えば言葉を交わしたし、休憩室でいっしょになればあれこれしゃべって笑いあった。

もっと徹底的に彼女たちから嫌われるのにはさらに二ヶ月ほどを要した。内線や外線電話には出ないくせに、携帯電話には飛びついて出る、ときに長電話をする、（マモちゃんと会うのに時間をつぶすため）仕事がなくても会社に残っている、デートの約束が入れば忙しくても勝手に退社する、ときどき定時前に姿をくらます。遅刻も数限りなく、化粧もしないし、何日も（最高四日間）同じ服を着ていたりする。コンピュータの前で眠りこけて椅子からずり落ちそうになる。かと思えば、四時からトイレにこもって入念に化粧をしていたりする。嫌われないわけがない。今では、私としゃべってくれる女の子なんかいやしない。

けれどそれでいいのだ。ぜんぜんかまわない。マモちゃんにくらべたら、ほかのことすべて、やっぱりどうしたって「どうでもいい」に分類されてしまうのだ。五ヶ月前も、みんなに無視される今も、それはかわらない。

こんな女、近くにいたら私だって嫌いになると思う。口なんかききたくないと思う。色《いろ》呆《ぼ》けだの色情魔だのと陰口をたたくと思う。自分のことを「どうでもいい」と思っている人間を、好きになれるはずがない。

カルビ弁当を食べ終えると、額にうっすら汗がにじんでいた。陽射しはそれほど強くないがまだ秋には早い。ビールの空き缶をつぶし、弁当の空き箱とともにビニール袋に入れる。斜め向かいのベンチに座った、根性の悪さが容姿ににじみ出た中年女が煙草に火をつけ、私の隣のベンチにいる、気の弱そうなスーツ姿のおじさんが立ち上がって公園をあとにする。公園の時計を見上げるとあと五分で一時になる。

バッグから携帯電話をとりだして眺める。メール受信はなし。着信履歴もなし。マモちゃんから電話はかかってきていない。

空を仰いで、大きく深呼吸をして、私も立ち上がる。足を踏み出すと、かさりと耳慣れない音がする。蟬の抜け殻だった。私につぶされ、それはこなごなに割れて地面にへばりついている。

ストーカーが私のような女を指すのなら、世のなかは慈愛に満ちているんじゃないの

飯田橋《いいだばし》から神楽坂《かぐらざか》をあがっていって、毘沙門天《びしゃもんてん》の裏通りのあたりに、マモちゃんの勤めている会社はある。通信販売のカタログや、若い人向けのフリーペーパーなんかを出している出版社だ。ものすごくちいさい会社だよ、とマモちゃんは言っていたけれど、グローバルサービスにくらべたら立派な会社だ。自社ビルだし。

マモちゃんの会社の位置や自社ビルであるということを、なぜ私が知っているかといえば、名刺の住所をもとにこっそり訪ねあてたからだ。べつに何か盗み出すわけでもなし、こっそりする必要はないんだけれど、呼ばれてもいないし用もないのだと思うと、ついこっそりしてしまう。

私はさっきから、飯田橋と神楽坂を結ぶ坂道を、かような理由でこそこそといったり来

たりしている。五十番のショーウィンドウで中華まんを眺めたり、不二家のペコちゃんを爪先《つまさき》で蹴飛《けと》ばしたりして、日の暮れた往来をうろついている。

路地に入って、携帯電話の着信履歴を調べる。メールも電話もない。

私の携帯電話が携帯電話である必要はまったくない。トランシーバーで用は足りる。私の携帯電話の番号を知っているのはこの世界にたったふたりだけ、マモちゃんと葉子である。けれど葉子は携帯電話を持っておらず、そういう人の常として、けっして携帯に電話をかけてこない。だから、月々ほぼ基本料金だけ払っているこのちいさな電話機は、マモちゃん専用のトランシーバーということになる。

今までのデータからいって、金曜日の今日は九割の確率でマモちゃんから電話がくる。とうに風邪は治っているだろうし、四日以上彼が連絡をしてこない日は今のところ、ない。八時から九時のあいだに、絶対に携帯電話は鳴る。あーまじ疲れた、といきなり言って、めし食っちゃった？　と続ける。

そんなふうにもくろんで、七時半に仕事を終え、そのままアパートには帰らずに私は神楽坂へのこのこやってきた。それで、この坂道をいったり来たりしているわけだ。

しかし三十分以上もそうしているとさすがに足が痛み、目についたファミリーレストランに入る。お煙草はお吸いになりますか、と訊《き》く店員に、窓際の席を要求し、通りが見おろせるテーブルに着き、コーヒーだけたのむ。店員が置き忘れていったカラフルなメニュウを開くと、ぎゅいいんと、機械じみた音で腹が鳴った。時計を見る。八時四十二分。電話はくる。くるに決まっている。コーヒーがくるまでのあいだ私は念じるようにそうくりかえし、知らぬまに怨念《おんねん》めいた目つきをしていたのか、向かいの席にいる若い女がふと顔をあげて私を見、あわてて視線をそらす。

三日、もしくは四日おきに携帯に電話をかけてきて、めし食った？　と訊く。マモちゃんの行動パターンはこの五ヶ月で完璧《かんぺき》に把握した。三日、乃至《ないし》四日会わずにいると、私に会いたくてたまらなくなるということでは、どうやらないらしいと近ごろ私は気づきつつある。単純に、ごはんをいっしょに食べる友人のローテーションなのだ。

コーヒーのおかわりいかがですか、と声をかけられ、顔をあげる。色の白い、顔立ちの整った女の子が銀色のポットを手に笑いかけている。北島真由子《きたじままゆこ》とネームプレートに書いてある。結構です、と答え、私はふたたび通りを見おろす。

北島さん、この店のアルバイトを一刻も早く辞めてくれないだろうかと、そんなことを願っている自分に気づき、うろたえる。マモちゃんがこの店にきて、おかわりはいかがと北島さんが笑いかけ、その瞬間に彼らが恋に落ち、三日おきか四日おきの電話がこなくなるのではないかととっさに心配した故の願いであるが、その心配は妄想色が強すぎて自分でもこわい。

時計を見ると九時を過ぎたところだった。電話はこない。マモちゃんらしき男も眼下をとおらない。

携帯電話が壊れていないかたしかめるために、座席に腰かけたまま117番を押してみる。ぴっぴっぴっ、ぽーんと明快な音がし、午後、九時、七、分ちょうどを、お知らせいたします、と知らない女がはきはきと告げる。電話を切って、コーヒーカップの底に残った茶色いしみを私はしばらく眺めていたが、席を立ち、会計をすませ、地下鉄乗り場にとぼとぼと向かった。

読みがはずれることもある。パターンどおりにいかないときもある。三鷹《みたか》行きの東西線に私は乗りこむ。

それはストーカーと呼ばれる人種で、それはストーキングと総称される行為だと、私の行動を見ていたらきっと葉子は言うだろう。葉子だけじゃない、会社の女の子たちもきっとそう言うだろう。けれど、私はマモちゃんをつけまわす気もないし、危害をくわえるつもりなんかこれっぽっちもない。自分の存在をアピールしたいとも思わないし、どちらかといえば、マモちゃんの会社の近辺で時間をつぶしているなんて、本人にだけは絶対に知られたくない。

ただ、マモちゃんがいっしょにめしを食おうと言ったとき、少しでも早く落ち合いたいだけだ。私に用がないのなら、私は決して姿を見せない。これがストーカーという人種なら、世のなかは至極平和だと思う。平和で、慈愛に満ちていると思う。

アパートにたどりついたのは十時過ぎで、私はひとり、テレビと向きあってカップラーメンを食べる。暗い部屋のなか、テレビの色が部屋じゅうに反射して、部屋は数秒ごとに色をかえる。黄、青、白、赤。テレビからは笑い声が絶え間なく放たれる。地球の反対側で、何かとてつもなくおもしろいことが起きているような気がする。

シャンプーを泡立てていると、洗面所に投げ置いた携帯電話が鳴っているのが聞こえた。頭を泡だらけにしたまま風呂場《ふろば》を飛び出て、クッションフロアにしゃがみこんで携帯電話を捜す。マモちゃんの名がディスプレイに表示されている。やっぱり。私の読みははずれていなかった。

「はい、もしもし」平静をよそおって私は発音する。

「あー、ちょっと今日マジ疲れたー、山田さん何してた？　めし、食っちゃった？　って、こんな時間だもん、食っちゃったよね」

「それがさあ」すかさず私は言う。「今日超忙しくてさあ、四時ごろ昼ごはん食べて、それきり何も食べられずにさ、今ひもじく家路にたどりついたとこだよ」午前〇時二十分に家にいて、四時から何も食べていないという嘘が上ランクのものか否かはべつにして、私の嘘の思いつき度は、近ごろ天才の域に入ると我ながら思う。

「え、マジ？　おれもまだなんだよねー、なんか軽く飲みたくってさあ、友達何人かに電話したんだけどこの時間だから、みんな寝てたり風呂入ってたりして」

そりゃあそうだろう。私だって風呂に入っている。

「でも山田さん、めし食ってないならちょうどいいや。ちょこっと飲まない？　おごるよ、おれ」

どちらにしても、マモちゃんは私の嘘を信じる。午前〇時二十分に、空腹のまま家で何もしていない人間がいるかどうかなどと彼は疑わない。人として品がいいのだ、と私は思う。

「じゃ、飲もうよ、私もちょうどよかったよ、これからなんかつくるのも億劫《おっくう》だったしね。マモちゃん今会社？　そっちいこうか？　それとも、新宿とか下北《しもきた》方面のほうがいいかな」

「今家でしょ？　たるくない、出るの？」

「ぜんぜん。私も飲みたかったし、金曜だし」

「そんなら神楽坂で。あ、飯田橋でも。出やすいほうで。いい？」

「ラジャー。近くにいったら電話する。じゃあね」

電話を切り、ひゃっほう、と私は叫び、素っ裸で飛び上がる。シャンプーの泡が飛び散る。その場で軽くひと踊りしたい気分だったが、速攻で風呂場に戻り泡を洗い流し、風呂から出て体を拭《ふ》いて下着をはいて服を捜す。体があるということがもどかしい。魂だけだったら今すぐ、マモちゃんの会社の前まですっ飛んでいけるのに。体なんかがあるばっかりに、服は着なくてはいけないわ、髪は乾かさなくてはいけないわ、眉《まゆ》は描かなくてはいけないわの大騒動である。

電話を受けてからタクシーに乗りこむまで、十七分だった。上出来である。行き先を告げ、薄暗い後部座席で私は眉を描く。年若い無口な運転手は気をつかって、車内ランプをつけてくれた。

ついさっき徘徊《はいかい》していた町に、深夜一時二十分、私はいる。午前四時まで開いている居酒屋で、マモちゃんと向きあって酒を飲んでいる。

「あーよかった、山田さんもつかまんなかったら、おれまたコンビニ飯だったよ、昨日もコンビニ飯だったんだよな」

マモちゃんは、四日前に風邪をひいていたことなど、すっかり忘れているようだ。もちろん私もあのときのことを蒸し返したりしない。何が気にくわなくて私を部屋から追い出したのか訊いたりしない。

「なんだ、電話してくれればつきあったのに」

「だってそれ、一時すぎだぜー、電話できないっしょ、良識ある青年男児としては」

「私も昨日は遅くまで残業だったから、ぜんぜんよかったのに」

「へえー、忙しいんだね、山田さんの会社も」

マモちゃんは手をあげビールのおかわりをたのむ。山田さん。マモちゃんは五ヶ月のあいだずっと私をそう呼んでいる。テルちゃん、と呼んだのはただの一度だけ。出会った最初の日だけだ。

マモちゃんにはじめて会ったのは、葉子の友達が主催した飲み会だった。葉子が以前契約していた編集プロダクションの社員だったか、それとも葉子と同業のライター業だったか、よく覚えていないが、その人が自宅で飲み会をして、私は葉子に誘われて参加したのだった。

葉子の友達は私たちより少し年上の女性で、ずいぶん大きなアパートに住んでいた。二十人近くが立ったり座ったりして飲み食いしていたのだから、居間だけでも私の家より確実に広かった。

そのとき私は、交際していた男との関係にいきづまっており、というより、関係は終盤にさしかかっているというのに私ひとりあがいており、見かねた葉子があちこち連れまわしてくれていたのだった。葉子自身はそういう集まりに顔を出す質《たち》ではないのだけれど、見知らぬ人間の集まる場所で、ひょっとしたら私を救い出すあらたなる人材がいるかもしれないと、冗談交じりに、半ば本気で言いつのりながら。

果たしてそこで、私はあらたなる人材にめぐり合ったということになる。

そのときのことを何から何までひとつひとつちゃんと覚えている。マモちゃんが着ていマモちゃんが着ていた服のことも、はじめましてとたがいに挨拶《あいさつ》したときの言葉も。

私とマモちゃんは挨拶した次の瞬間にもううちとけて、部屋の隅でしゃがみこみ、一本のワインを真ん中に置いて、たがいにつぎたしながら飲み、他愛ない言葉を交わした。ひょろりと痩《や》せて小柄なマモちゃんは、私の好みのタイプではなかったけれど（筋肉質のでかい男が好きなのだ）、感じのいい人だと思った。それに、指がきれいだった。重いものを持ったことのない、ピアノを弾くような指に見えた。私たちはかわりばんこに料理をとりにいき、しゃがみこんだままそれを半分ずつ食べた。ミートローフ、ほうれん草のキッシュ、ザワークラウトにいろんな種類のチーズ。ワインを一本空けてしまって、ふたりで背をまるめ、もう一本くすねにいった。

あんたたち、そんなところでしゃがみこんで、不良中学生みたいよ、と葉子が通りがけに声をかけていった。私たちは顔を見合わせて笑った。

ねえ、ふたりでべつのところにいって飲みなおす？　十二時を過ぎてマモちゃんが言った。覚えている。そのときのマモちゃんの、笑いをおさえたような顔も、ふたりのあいだの親密な空気も。

テルちゃんの友達、ここに友達がいっぱいいるみたいだし。きっとテルちゃんが帰っても平気だよ。

離れた場所で見知らぬ男と談笑している葉子を指してマモちゃんは言った。

そうだね。じゃあ、抜け出しちゃおう。

私は言って、それで、葉子の友達のアパートを出、昔からの知り合いだったみたいに手をつないで、しずまりかえった路地を歩き、途中にあったバーであたたかいラムを二杯ずつ飲み、今まで幾度もそうしてきたかのようなキスをして、べつのタクシーに乗ってそれぞれの家に帰った。帰りがたい気持ちなのはたがいにわかった。けれど、十代の少年少女じゃあるまいし、酔いにまかせてこのままどちらかのアパートに直行してしまうのは、やりすぎだと双方が思っている、それも理解できた。

翌朝ひどい二日酔いで目が覚めて、深く安堵《あんど》した。やりすぎにならなくてよかった。調子にのらなくてよかった。

知らない人の家で知らない人ともりあがって、酒のいきおいで手をつないだりキスをしたり、そんなこと、よくあるのだ。とくに恋愛がうまくいっていないときなんかには。あの子、ひとつ年下の、田中守《たなかまもる》という平凡な名前の、指のきれいな男の子と、もう会うこともないんだろう、と、そのときは思っていた。

けれどそれから一週間もしないうち、田中守は私の会社に電話をかけてきた。食事に誘ってきた。一回映画を観て、三回いっしょに酒を飲み、そのとき私はすでに田中守に恋をしており、引きずっていた恋愛をきっぱり清算した。四回目に食事をしたあとで、田中守のアパートで性交をした。何もかもうまくいくと思った。今度こそはうまくいくと確信した。田中守は結婚もしておらず、恋人はいないと言っていたし、浮気をくりかえすタイプの男には見えなかった。もし五ヶ月前の私たちを百人が見ていたら、おそらく九十七人は、このままふたりは問題もなく交際をはじめるのだろうと思っただろう（残りの三人は悲劇的な悲観主義者か男と恋愛に深い怨恨《えんこん》を持つヒス女、もしくは本物の予言者だろう）。

「山田さんさあ、こないだ食事買ってきてくれてたすかったよ。おれあのとき、マジでふらついちゃってさあ。四十度超す熱なんか、子どものとき以来っすよ。今日はお礼になんでもおごるから、好きなもの注文してよ。っつっても居酒屋だけどさ、メニュウのなかで一番高いものたのんでいいっすよ。焼き蟹《がに》でも河豚鍋《ふぐなべ》でも。でも、これマジで河豚かな、あやしくねえ？」

テーブルに並んだ空き皿の上に身を乗りだしてマモちゃんは言う。

「じゃあ焼酎《しょうちゅう》をもう一本たのみたい」私は言う。

「げ、焼酎はパス。食いものにしてよ」

「えー、なんで？　なんでもおごってくれるんじゃないの」

「だって酒飲むとさあ、山田さんぐずって帰らないんだもん」

マモちゃんは何気なく言って笑い、私も合わせて笑ってみるが、帰れと言われているようで深く傷つく。店員を呼び、できるだけ陽気な声で私は注文をしていく。

「焼きタラバ、牛ヒレポン酢ソース、からすみ、あと鮑《あわび》ステーキお願いしまーす」

「げ、そんなにたのむ？　鮑ってなんだよ鮑って」

交際ははじまらなかった。どうしてなのかよくわからないが、私は未《いま》だに田中守の恋人ではない。めし食おうと、気まぐれに電話をよこすのはマモちゃんだけで、私から連絡をしてマモちゃんに会ったことは一度もない。三日か四日に一度のその連絡も、深夜近くのことが多く、いけないと何回か続けて私がことわれば、たぶんそれきりになるだろう。ローテーション。

「あーあ、おれ三十三歳になったら仕事辞めて野球選手になるんだ」

マモちゃんは焼酎の水割りをつくり、一口飲んで言う。三十三歳になったら会社を辞めるというのは、酔ったときよくマモちゃんが言うせりふだ。辞めて旅に出るんだ。辞めて小説を書くんだ。辞めてDJになるんだ。辞めてコーヒー屋はじめるんだ。辞めて半年くらい冬眠すんだ。

「何それ。野球選手って、ちっちゃいころから英才教育受けなきゃなれないんだよ？」

店員がからすみと牛ヒレを持ってくる。からすみはやけに橙色《だいだいいろ》がきつく、チーズみたいな味がした。

「おれ、山田さんと野球見にいったっけ？　いってないっけ？　あ、山田さんに会ったの今年か。今年は見てないな。見にいきてえなあ。個人的にはドームより神宮《じんぐう》が好きなんだ」

「マモちゃんて野球が好きなの？　そんならそうと言ってよ。こないだ、チケット余ってるって会社の子が言ってたよ」

「うっそ、まじ？　巨人戦？　それ、あれじゃねーの、日ハムとかの試合じゃねえの？」

「えーと、巨人だったと思うけど」

「巨人対どこよ？」

巨人くらいなら名前は知っているが、ほかはまるでわからない。野球なんか見たこともない。

「どこだっけ。忘れちゃった」

「えー、訊《き》いといてよ、ヤクルト戦だったら絶対絶対おれ見たい。優勝決定戦だったりしないかな、それ」

マモちゃんがそう言うのならそのチケットは巨人対ヤクルトの優勝決定戦だ。週末のうちに、野球のチケットというのはどこでどのように売られているのか調べて、五時間ぶっ続けで電話のリダイヤルボタンを押し続けようが徹夜して行列に並ぼうが、チケットを入手しなければならない。あ、新聞屋。近所の新聞屋に出向いて、新聞をとるからチケットを売ってくれとたのみこむか。

帰るのがいやだとぐずったりしないように、途中から私はほとんど焼酎を飲まず、ひたすら料理を掻《か》きこんだ。蛍光灯の明るい店内は人もまばらで、午前四時近くなると客は私たちしかいなくなり、店員たちがこちらをちらちらうかがいながらあとかたづけをはじめる。

「はひー、なんか眠い。最近飲むとすぐ眠くなるよなあ。これって親父化？」

「じゃあ、帰ろっか」

会計を済ませ、地下の店から地上へと続く階段を並んであがる。町はしずまりかえっていて、歩いている人もおらず、走っている車もまばらだ。ビルにはめこまれた時計は三時五十二分を指している。

「じき朝っすね」

「そっすね」

私たちは言い合い、闇に沈みこんだような通りをひっそりと歩く。見上げると夜空に数個の星がはりついている。

「さみ」

マモちゃんはちいさくつぶやいて、私とのあいだの距離を少し縮める。

「もう秋なのかな」

「夏がおわっちまったねえ」

私たちはそれぞれポケットに手をつっこんで、肩が触れ合うほどの距離で歩く。うちくる？　とマモちゃんが言わないかな、と思いかけて、あわててうち消す。根拠のない期待というものがどれほど厄介か、私は充分知っている。マモちゃんと歩調を合わせて夜の町を歩きながら、私はだから、これからひとりで家に帰る自分を思い描く。まるでイメージトレーニングをするスポーツ選手のように。タクシーに乗って、自分のアパートの階段をのぼり、鍵《かぎ》をまわして暗い部屋に入る。さっき散らかした服を踏んづけて歯を磨き、つめたいベッドでひとりで眠る。

「タクシー全然こないね」マモちゃんが言う。夜空は紫色だ。切り込みを入れたみたいな細い月がかかっている。冬はまだ先なのに、町は冬のにおいがする。

「あ、きたきた」マモちゃんは言って道路に走り出る。「山田さん、うちくる？」片手をふりまわしながら、いやになるくらいさりげない口調でマモちゃんは言う。

「へっ、いいの？」

あんまりにも予想外の問いに驚いて、私の声は裏返っている。

「タクシーこないし、いっしょに乗っちゃおうよ」

マモちゃんは言う。タクシーは私たちの前でとまり、マモちゃんが私を先に乗せる。自分も乗りこんで、世田谷代田《せたがやだいた》お願いします、低い声で言う。

世田谷代田、どの道つかいます？　あ、空いてそうなとこならなんでもいいっす。

後部座席で私は放心したまま、運転手とマモちゃんのやりとりを聞いている。期待しないように。放心しながら、頭の一番冷えている部分で私はくりかえす。始発電車で帰れと言われるかもしれないのだし。やっぱ帰ってくれるかな？　と、着くなり言われるのかもしれないんだし。

「あーねむ」

私が必死で考えている悲観的仮定とはしかしまったく無関係に、マモちゃんは座席からずり落ちそうな姿勢で目を閉じる。やがてしずかな寝息が聞こえてきて、ひどくとんちんかんだけれど、もし生まれ変わるのなら田中守になりたい、なんて、そんなことを思った。

風が吹けば桶屋が儲かる、恋愛運が上昇すれば仕事運は下降する

　高校生のとき熱中して読んでいた漫画の主人公は、ギャンブル運と恋愛運は両立しないのだと言い放ち、大きな賭《か》けに出る前は、実際、女と交わりたいのをぐっとこらえていた。私はその漫画のあらすじをくりかえし話し、その意見がどれほど真実に近いかを力説し、

「ねえ、だから、恋愛運と仕事運も両立しないのではないだろうか」

と、葉子に言ってみると、しらけきった顔つきで私を見て、葉子は深くため息をつく。私たちは四谷《よつや》のオープン・カフェにいる。店外に出された座席のある茶店をオープン・カフェと呼ぶらしいが、私はずっと、屋外席は冷遇されているんだと思っていた。店内よりコーヒーの値段が安いとか、恰好《かっこう》がみっともないから店内に入れてもらえないとか、そういうための席なんだと思っていたが、どうやらちがうらしいと今日知った。葉子とここ

で待ち合わせをして、先にきて屋外席に座っていた葉子に「みっともないからなかに入ろうよ」と言うと、葉子は馬鹿にしたように笑って言った。「テルちゃん、なんのためにオープン・カフェにきたのよ」と。

私の足元にはふくらんだ紙袋が三つ置かれている。会社に私物なんか何も持ちこんでいないと思っていたのに、ロッカーやデスクに突っ込んでおいたものを整理したら、思いのほか多かった。

「運とかさあ、そういうこと言い出すのやめたら？」

葉子は言う。給仕係がコーヒーを運んでくる。筋肉質の背の高い若い男で、不必要に色気がある。

「今の人ちょっとよくなくない？」

給仕係が去って、葉子は私に顔を近づけて言うが、今の私にとってマモちゃん以外は男に見えない。筋肉質で色気のある、遠い異国に棲息《せいそく》する変わった動物にしか見えない。それがしあわせなことか不幸なことかわからないが。

「そうかね」

「テルちゃんああいう人好みだったじゃん。筋肉で守ってくれそうだっつってたじゃん」

「筋肉男をいいと思ったことなんか私一度もないよ？　私はさ、抱きしめたら腕が組めそうなくらい細っこい男の子が好きだったんだよ、昔から」

言うと、葉子はわざとらしいため息をまたつく。

「テルちゃんさあ、過去とか好みとかを都合よく捏造《ねつぞう》するのはべつにいいけどさあ、運とかなんだとか、人知の及ばないほうに話を持っていくのはやめなさいよ」数分前の私のせりふについて言っているらしい。「男にうつつを抜かして遅刻はするわ、仕事はさぼるわ、外線電話は出ないくせに携帯で長電話するわで、このご時世にクビにしないでくださいっていうほうが都合よすぎるんじゃないの?」

私は黙ってコーヒーをすする。もうぬるくなってしまっている。

「風が吹けば桶屋《おけや》が儲《もう》かるって、あれ、運とか占い系の話じゃないんだよ? しかもあんたのは、風が吹けば桶屋が儲かるより、もっと単純な話じゃないの」

「葉子ちゃん、若いのに渋い引用するね」

私は笑うが葉子は笑わない。

空は高く、晴れわたっている。秋の日の晴天は清潔だ。歩道に沿って植えられた銀杏《いちょう》はまだ濃い緑のままだ。フロントガラスを白く光らせて、車が数台通りすぎていく。

「ねえ葉子ちゃん、なんで一番ホームランを打つ人が一番じゃなく四番って言われてるのか知ってる? ねえ、猛打賞ってなんのことか知ってる? ねえ、今年はどこが優勝したかわかる？　あ、日本一のほうだよ、セとかパとかのなんかじゃなくて」

葉子をのぞきこんで訊《き》く。私の足元に置いた紙袋を眺めたまま、

「セとかパねえ」葉子はつぶやく。「徹夜して並んで自由席買って、自由席じゃいらないって言われて金券屋で馬鹿高いチケット買ったんだよねえ。徹夜した日は会社で倒れて早引きでしょ？　金券屋も値段くらべてはしごして午後出勤でしょ？」

「でも言っておくけどさ、マモちゃんは私が徹夜したなんて知らないよ、知ってたら自由席をありがたく受け取ってくれたと思うな、私、余ってるチケットがあるって言っただけだから」

私は言って大きく伸びをする。銀杏の葉のあいだから、青く澄んだ空が見える。

ひょっとしたら私は余命が幾ばくもなく、だから神さまが特別に夢を見せてくれているのではないかと、本気で心配になるくらい、最近私とマモちゃんの関係はうまくいっていた。マモちゃんはほぼ毎日電話をくれ、二日に一度私はそのままマモちゃんちに泊まりにいった。

こういう状態のときに、就業時間や仕事場のコンピュータやレポートや、そんなことを考えている人間がいるのだろうか。好きで好きでたまらない男と、六ヶ月目にしてようや

くうまくいっているときに？

いるのかもしれない。もちろんいるのだろう。だからこそこの国は経済成長を遂げたのだし日本円は強くなったのだ。けれど私は生憎《あいにく》そんな人間じゃない。失業率も経済危機も犯罪の若年化も、好きな男の前にはまったくなんの意味もなさない。私みたいな人間にはきっといつか罰があたるんだろう。というより、実際あたりつつある罰（自業自得でもあるが）に、私はそのときまだ気づいていなかった。

明けがたまで起きて話したりいちゃついたりしているから、朝は当然起きられず、出勤の遅いマモちゃんといっしょにアパートを出、誘われれば断れるはずもなく昼飯を食べたりもするので、二日に一度は無断遅刻をし、終業より早い時間に「めし食わない？」というマモちゃんからの電話が入れば、トイレにたてこもり念入りに化粧をし、終業前にこっそり会社を抜け出した。

入社以来三度くらいしか口をきいたことのない企画部長に呼ばれ、やる気がないのならどうか辞めてほしい、と、やさしく懇願されるような口調で言われたのは、ほんの数日前だ。

「会社、ひょっとして辞めることになるかも」

下北沢《しもきたざわ》の居酒屋からマモちゃんちに向かって歩きながら、私はなんとなく口にしてみた。

やる気がないのなら……という、その日に聞いた言葉はもちろん言わなかった。

「まじ？　いいなあ。失業保険で一年くらい遊べるじゃん」

酔うとマモちゃんの声はかすれる。笑い声は息だけになる。昔のアニメ漫画に出てきた犬みたいな笑いかただ。

翌朝、九時過ぎに目覚めるやいなや、

「今日さ、動物園いこう」隣で眠る私を起こし、マモちゃんは言った。

「マモちゃん、仕事は？」訊くと、

「校了明けだし今日はひまだからいいんだよ。な、いこうぜいこうぜいこうぜ」

子どものように連呼して、ベッドから飛び起き、パジャマを脱ぎ散らかしながら洗面所へ走っていった。

新宿高島屋の地下で、一口カツやおにぎりや点心や、チーズやパイや春雨サラダや、総菜をたくさん買いこんで上野動物園にいった。晴れていて、空気は乾燥していて、片手で食べもののぎっしり詰まった紙袋を持ち、片手で好きな男と手をつなぎ、キリンや象やフクロウを見て歩いた。日本猿の前でカツとおにぎりを食べ、ペンギンの前でビールを飲んで点心をつまんだ。日だまりに座るとあたたかくて、うっとりするような眠気が全身をおおった。猿や象の檻《おり》付近は、糞《ふん》と体臭の混じった獣臭が深くたちこめていた。黄も赤も白も茶も、動物たちの色はすべて青い空に映えてうつくしく見えた。マモちゃんは子どものころの思い出話を語り、私は遠足の失敗談を話し、酔っているみたいに笑い続けた。三十三歳で仕事辞めて、おれ、象の飼育係になる、いや、アシカでもいいな、ワニでもいいし。いつもみたいにマモちゃんは言い、その「三十三歳以降」の未来には、私も含まれているのだと、なぜかその日は強く思った。

何もかもが完璧《かんぺき》すぎて、泣き出しそうなのをこらえなければならなかった。

こんなとき、赤坂《あかさか》の裏通りにある殺風景な仕事場に、フロアの女の子が全員自分を嫌っているような場所に、欠勤の電話をかけてみようかと思いつく人間なんて、この世のなかにいるのだろうか。いるのかもしれない。もちろんいるのだろう。だから、もう会社にこないでほしいと私は言い渡されたのだろう。

動物園の明くる日に、そのように言い渡され、わかりましたと私は答えた。反省してます、これからがんばりますなんて、明白に嘘だと自分でわかることをとても口にはできなかった。失業保険を一年遊べるくらいもらえるって本当ですか、と訊きたかったが、それが非常識な態度であるということは理解でき、「手続きはどうしたらいいのでしょうか」しょんぼりと肩を落として言ってみた。こちらの都合で辞めさせられたことにしていっこうにかまわないから人事部で話し合ってくれと、部長は迷惑そうに言った。一刻も早くいなくなってほしかったのだろう。

仕事と机まわりのあとかたづけは三日ほどかかった。その三日、私の周囲は驚くほどしずかだった。だれも話しかけてこなかった。みんな遠くで声を落として何か話していた。雪の日みたいだと、私物を紙袋につっこみながら思った。雪がすべての音を吸いこんでしまう、あのしずけさに似ていた。

今年の冬はマモちゃんといっしょなのだと、雪から連想し、自分をなぐさめるためにそんなことを思ってみたが、思ったとたん、窓の外に雪を見ながらみぞれ鍋《なべ》を食す私たちや、酌をしあって熱燗《あつかん》を飲む私たちの姿がなかば妄想的に次々と思い浮かんで、いつのまにかゆるみきった口元を懸命にもとに戻さなければならなかった。こんな罰ならばまったくおそれるに足りず、だった。

そして三日目の今日、昼すぎにあとかたづけはすんでしまったのだが、四谷での葉子との待ち合わせが三時だったので、会社を出、時間つぶしに近辺をぶらついた。ビル街をうろついて、本屋や文房具屋をのぞき、店の外に出されたランチメニュウを眺めて歩く。モスグリーンの制服を着た若い女の子たちが、強風に髪を押さえスカートを押さえ、きゃあきゃあ言いながら横断歩道を渡ってくる。ネクタイの先端を肩にかけたサラリーマンが、携帯電話に向かって何ごとか熱心に話しながら、私に軽くぶつかって通りすぎていく。見上げると、ビルとビルの合間に台形の空が見える。台形に切りとられた薄いブルー。

私といっさい関わりのないこれらの光景を、いつかなつかしく思い出したりするんだろうか。すべてひとしく私から遠く、よそよそしさしか感じさせないこの光景を。そんなことを思うと、ひとつひとつ、女の子のパンプスやまぎれこんだ鳩や、日替わりランチ八百八十円の文字や陽を反射して鏡みたいに光るビルの窓なんかが、すでになつかしい、いとしいものに感じられた。そう感じさせているのは光景ではなく、マモちゃんなのだと私は知っている。

缶コーヒーを買って、ずっとひとりで弁当を食べていた「あいのひかり公園」にいく。昼休みをとうにすぎた公園に、常連のサラリーマンと中年女はいない。鳩と浮浪者を眺めて缶コーヒーを飲み、三時が近づくのを待った。

足元に置いた紙袋をまたちらりと見やり、

「でもさあ、失業保険がおりるっていったってそれだけじゃ食べていけないでしょ、どうすんの、仕事捜すの？」

葉子が言い、私は目の前のコーヒーカップに焦点を合わせる。

「それなんだけどさあ、もし結婚とかの方向に話がいくんだったらへたに仕事とかしないほうがいいかなって気もすんのね」私は言う。そうしているつもりはないのに、耳に届く自分の声はでれでれしている。

「結婚？　そんな話してんの？　おれさま男と？」

「いやしてないよ、してないけど、でも、仕事辞めたらいいんじゃないかって言ってくれたのはマモちゃんだしさあ、それって、いいほうに考えればそういうことじゃない？」

「やめなよテルちゃん、いいほうに考えるの。テルちゃんの言ういいほうって、現実に基点をおいてポジティブな思考とネガティブな思考ってんじゃなくて、単純に現実離れしたことなんだもん」葉子はコーヒーを飲み干して、煙草に火をつける。「いいほうに考えれば、私は来年ブラッド・ピットと結婚できる」

「げ、ブラッド・ピットなんかが好きなの？」

「いいほうに考えれば、今年の年末宝くじであたる三億で、青山にできるタワーマンションを買える」

「いくらなんでも、そこまでかけ離れてないでしょ、私の言ってること」

葉子は店員を呼び、コーヒーのおかわりをする。私は葉子の手元からあがる、細い煙草の煙を眺める。店員が去ってから、私は口を開く。

「あたらしい仕事は、でも当分捜さない。いい仕事が見つかって男運が反比例で減ったら困るもん」

　葉子は正面からまじまじと私を見据える。

「言いたかないけど、テルちゃんて、ときどきぞっとするほど頭悪いこと言うね」

　何か言いかえそうと口を開けた瞬間、おまたせいたしました、と映画俳優みたいなしゃべりかたで言い、給仕係が妙に色っぽい仕草で葉子の前にコーヒーを置く。


　十時近く、世田谷代田のアパートをマモちゃんといっしょに出て、駅までちんたら歩く。ああ、たりい、眠い、休みてえ、と、秋の晴天を見上げてマモちゃんはつぶやく。いいなあ、山田さん、もう仕事ないんでしょ。自由だねえ。いいなあ、自由って。フリーダム！って感じだよなあ。

　もし、だれも気づかないくらい上手に、私が田中守に変装できたら、かわりに会社へいってあげたいと本気で思うのだが、そんな高等技術を私はまだ会得していない。

「じゃあ今日は私がさ、すげえおいしいもん、ごちそうしてあげるよ」私が言うと、

「何それ、犬のごほうびみたいじゃん」マモちゃんは笑った。

　改札で手をふってわかれてのち、私は郵便局へ向かう。

　住宅街に突如あらわれるちいさな郵便局で、番号札を引いて座席に腰かける。暗い局内

を、妊婦や老人がゆったりと動いている。

電話と水道、ガスに電気、なんだかわからないものの振り込み二種。マモちゃんにたのまれた振り込み用紙を膝《ひざ》の上に広げて見入る。電気とガスは前回ぶんから滞納している。払い込みにこられないほど忙しいのだ。最初から私にたのんでくれれば滞納なんかせずにすんだのに。十月分の電気代は三千二百五十二円になっている。ずいぶん安い。十月分といっても使用期間は九月のはずだから、マモちゃんは九月にはあんまり家にいなかったのだ。あのきびしい残暑を、クーラーなしで過ごせたはずがない。

十月分の電話料金は七千二百五円。平日はほぼ一日じゅう留守にして、携帯電話をいつも使っているにしては、これは多すぎやしないか。私の家の三千八百円に比べたら、よほどの電話好きだ。いったいだれと電話しているんだろう。

すべての合計は四万二千八百二十二円だった。マモちゃんからあずかったのは二万円だけである。焦って自分の財布を開くと、昨日飲み代に使ってしまって二千円しかない。

「ちょ、ちょっと待っててください、あの、銀行でおろしてすぐ持ってきます、戻ってきますんで荷物置かしてください」

私は言い、手にしていた荷物をその場に置いたままダッシュで郵便局を出、住宅街を抜け駅を目指し、駅前の東京三菱銀行でじりじりしながら列につき、三万円おろしてまたダッシュで住宅街を駆け抜ける。秋もなかばをすぎて、冬の気配が広がりはじめているというのに、全身汗だくになって郵便局にたどりつく。

次はコインランドリーだが、はて、この町のどこにコインランドリーがあるのか。銭湯があれば、コインランドリーはかならずその隣にある。住宅街の真ん中で立ち止まり、澄んだ空に銭湯の煙突を捜してみるが、そんなものは見あたらない。しかたなく、洗濯ものの詰まった紙袋をさげたまま、私は町を探索する。

自分が住んでいない町は、絶妙によそよそしい。古い平屋建て住宅から電信柱から、ファミリーマートから樫《かし》の木から、何から何まで、私にしらんふりをしている。あんた、どのどいつ？　というような、冷ややかな態度をとり続けている。では自分が住んでいる町はしたしげかというと、それもそんなことはないのだが、しかし、これほど徹底して素っ気なくはない。ま、いっか、というような、軽い許容がある。

いつもなら、自分の住んでいない町を歩いていると、それが十年近く遊びにいっている葉子の家付近でさえ、ひどく不安になるのだが、今日はしかし特例だ。何しろここはマモちゃんの町で、町全体がいくら私にしらんふりをしても、いかように無視しても冷遇しても全然かまわない。私はこの町を全身全霊で好きになる。

古くさいアパートもしょぼい児童公園も、遠い過去を彷彿《ほうふつ》とさせる洋品店のディスプレイもたいやき屋も、毎日毎日、マモちゃんの視線にさらされているものたちなのである。そう思うと、子どものころに見入った、絵本のなかのおとぎ話の町を歩いている気分にすらなる。

一時間近く歩きまわって、結局、マモちゃんのアパートのすぐ近くにコインランドリーを見つけた。ひとけのない、時間に置き去られたようなそのコインランドリーで、マモちゃんからあずかった紙袋の中身を洗濯槽に移す。マモちゃんちには洗濯機がないのだ。ヘインズの無地Tシャツやナイキの靴下、繊維のつぶれた薄いバスタオル、ブルーのシャツがポール・スミスのものであるのには驚いた。トランクスは無印良品のものだ。よく着ている古着のトレーナー。ハンカチまである。マモちゃんはちゃんとハンカチを持って通勤するんだな。はいているのを見たことのないチノパンは、ポケットに何か入っていないかちゃんと調べる。何も入っていなかった。あんまりじろじろ見ないようにして、しかしタグや縫い取りをしっかりチェックし、紙袋を無事空にして、洗濯機にコインをすべりこませる。

まるい椅子に腰かけて洗濯機に寄りかかり、しばらくのあいだ、マモちゃんの持ちものがぐるぐるまわる振動を感じていた。はげしい空腹を覚え、時計を見ると二時をすぎるところだった。

駅前まで戻り、ハンバーガーセットを買って、コインランドリーの椅子に腰かけて食べる。長方形のコインランドリーは、ぽかぽかとあたたかく、石鹸《せっけん》のにおいが満ちている。向かいの洗濯機に足をかけて、隅に積み上げてあった漫画雑誌からきれいなものを捜し出し、ハンバーガーを食べながら読む。今ごろ、グローバルサービスのフロアでは、キーボードをたたく音が響いているんだろう。煙草のにおいがたちこめ、女の子のひそやかなおしゃべりがときおり流れ、あとはひたすらコンピュータの入力音。フロアの様子はありありと思い浮かび、なんだか山田テルコは今でもあそこでデータ入力をしているような気がする。田中守に未《いま》だ好かれていない、気の毒な山田テルコ。

顔をあげると、陽のあたった路上に、ちかちかと黄色い銀杏《いちょう》の葉が舞い落ちている。これから毎日こんな日がくりかえされる。これを享受していていいんだろうか。さらなる罰があたったりしないだろうか。コンビニの募金箱に寄付をするとか、使用済み切手を集めるとか、何か善行をして、この身に余る幸福とバランスをとるべきかもしれない。コインランドリーの入り口が切りとった四角い外界を、野良猫がゆっくりと横切っていく。

ポケットから紙切れを出して眺める。郵便局、はもう済んだ。コインランドリー、はもうすぐ済む。このあとは、ビデオ屋でビデオ返却、薬局とスーパーで買いもの、下北沢の時計屋に修理をたのんでいた腕時計を受け取って、いったんマモちゃんのアパートに戻り、部屋に置いてある宅配便をコンビニエンスストアに出しにいく、とりあえずそれでたのまれた用事は終わりだ。

このところずっと外食続きだったから、夕食は私がつくろう。すげえおいしいものをごちそうすると約束したのだし。宅配便を出したら、本屋にいって料理本を立ち読みしよう。イタリア料理のコースにしようか。蛸《たこ》とトマトの前菜からはじまって、パスタはアスパラとサーモンで……、いや、ざっくりと中華コースがいいか。コーンスープ、中華風お刺身サラダ、具沢山の春巻きと辛めの麻婆豆腐《マーボどうふ》。それともやっぱり和食がいいか。茸《きのこ》と野菜の炊き合わせ、秋鮭の西京漬けにほうれん草とあぶらあげの煮浸しなんか。つくりかたを覚えて、覚えきれなかったら適当な本を購入して、それからスーパーへ材料を買いにいこう。ピーッとけたたましい警報音とともに洗濯機は制止し、でたらめ歌を鼻歌でうたいながら、マモちゃんの抜け殻みたいな洗濯ものを、乾燥機に移していく。

「やっぱ多めにビール買っときゃよかった」

風呂《ふろ》から出てきて、冷蔵庫を開けマモちゃんはつぶやく。

「え、じゃあ私買ってくるよ」

「いいって、そんなの。買ってきてほしくて言ったんじゃなくて、今のただの独り言」

マモちゃんは台所から廊下へ移動し、全身をタオルで拭《ぬぐ》いながら言う。ひょろっこいマモちゃんの体。最初、子どもみたいだと思ったが、近ごろ、贅肉《ぜいにく》にしろ筋肉にしろよけいな肉がついていないと、人の体はこんなにもうつくしいのかと感心する。

「でもさ、飲みたいんでしょ？　私も飲みたいし、ついでだからいってくるよ。コンビニ、すぐそこじゃん」

　ジャンパーを羽織り私は立ち上がる。

「ついで、って、なんのついでよ」マモちゃんはなんとなく、困ったような顔で笑う。

「なんのついでもないじゃん。もう二時だし、山田さんも風呂に入ったら」

「いいよ、遠慮しなくて。いってくるって。何本？　一本、二本？　銘柄はさっきのと同じでいい？」

　マモちゃんはバスタオルを肩にかけ、トランクス姿のまま私をぼんやり見ている。笑い出すような、泣き出すようなその顔は、私が今まで見たことのない表情で、なんだかどきどきして私は顔をそらす。

「マモちゃん、知ってると思うけど、私今すごく暇なんだよね。仕事も捜してるけど、なかなか見つかりそうもないし、たぶん失業保険が無事におりるから、心配もないし。ねえ、だからさ、面倒なことっていうか、マモちゃんが忙しくてできない雑用みたいなこと、今日みたいにいつでも言ってくれていいんだよ」財布を捜し、ポケットにねじこむ。マモちゃんのわきをすり抜けて、廊下をすすむ。「ツカイッパにしてくれて、ぜんぜんかまわないんだ、つーか、今やることなくて、やることないと頭へんになりそうじゃん？　いろいろ悲観的なこと考えちゃうし。だから、あれこれたのんでくれると、やることあって私が助かるんだよ。マモちゃんはさ、遠慮とか気遣いとかしないでいいの。私に関しては」スニーカーに足をつっこむ。マモちゃんがこっちを見ているのはわかったが、なんとなく、目を合わせることができず、「適当に私のぶんもいれて買ってくる、じゃあね」早口で言って、ひんやりと冷たい夜のなかへ飛び出していく。

明くる朝、マモちゃんに起こされて目が覚めた。時計を見るとまだ七時をすぎたばかりだ。マモちゃんちで、こんなに早く起こされたことはない。部屋じゅうにコーヒーのにおいが漂い、私を起こしたマモちゃんは上半身だけセーターを着こんで、なんとなく不機嫌そうな顔をしている。

「どうしたの」訊《き》くと、

「今朝会議があるから、もう出なくちゃいけないんだ。悪いけど、いっしょに出るか、それか先に帰ってくれる？」

「もう出るって、今出たら会社、着くの八時じゃん」

「今日は特別早いんだよ、スケジュールが詰まってて」

嘘だ、ととっさに思う。昼すぎにならないと顔ぶれのそろわない会社で、早朝八時から会議なんて嘘だ。マモちゃんはなんらかの理由で、一刻も早くこの場所から私を追い出そうとしている。風邪のときと同じだ。何をした。私はマモちゃんの機嫌をそこねる、いったいどんなことをした？　めまぐるしく考えるが、何も思い浮かばない。

マモちゃんはジーンズに足をとおし、靴下をはき、テレビと向きあってコーヒーをすする。自分がいったいどんな非をおかしたのかまるで思いあたらず、私は何か意地悪を言ってやりたくなり、それに見合った言葉を捜してみるのだが何も思い浮かばず、

「会議ってなんの？　昨日そんなこと言ってなかったじゃん。今朝早いなら、そう言ってくれればよかったのに」

そう言うのが精一杯の私の意地悪で、しかしマモちゃんはそれには答えず、

「コーヒー飲むならできてるから」

突き放したような声で言うだけだ。

「ねえ、私もう少し寝ていっちゃだめ？　帰るときちゃんと鍵《かぎ》しめておくから」

私はちいさく言ってみる。昨日はそれで平気だった。私は預かった鍵で何度も出入りした。宅配便をとりにきて、台所を勝手に借りて和食の献立をつくった。マモちゃんの帰宅

が九時近かったから、それまで少し眠っていた。マモちゃんは怒らなかった。

「悪いけど、自分がいないときに人に部屋にいられるの嫌なんだ。それ、前にも言わなかったっけ。あと、なんの会議かって内容を知りたいの？　うちの雑誌が情報中心でちょっと地味すぎるって最近評判悪いんで、ビジュアルページを増やそうかって話が出てるんだけど、町のグルメ紹介みたいなシリーズをつくってくか、それとも、もっと渋く、だれか若手の写真家に町を撮りおろしてもらうような、そういう系でいくか、今ちょうど二手にわかれてあれこれ言い合ってて、なんか煮詰まってるからあたらしい案をひとり最低五つは考えなきゃなんなくて」

マモちゃんはコーヒーを飲み干してカップを流しで洗い、話しながら洗面所へいって髭《ひげ》を剃《そ》る。ことこまかに内容を伝えてくれるのは親切心からではもちろんないと、声の調子でわかる。怒っている。しかも、かなり怒っている。

「その会議が九時半から。それまでに会社いって五つ案を考えなきゃなんないんです。これでいい？　納得した？」

洗面所から苛《いら》だたしげな声が飛んでくる。私はベッドから起きあがり、ジーンズに足をとおし、セーターを着、姿見で髪をととのえる。寝室の、青いカーテンの向こうで空は晴れわたっている。カーテンがその光でふくれあがっているように見える。私はコーヒーをひっそりとする。

私が卒業した高校は女子ばかりの学校で、そのとき、女というものはなんて意地悪なんだろうとしみじみ思ったものだった。嫌いなやつに嫌いだと面と向かって言うのは意地悪ではないし、まして、徒党を組んでひとりを無視するというのも、いっそいさぎいい。意地悪というのはひそやかにくりひろげられる。否定は肯定にくるまれ、悪意は善意にくるまれ、拒絶は笑顔にくるまれ、しかし完璧《かんぺき》にくるまれているのではなく、はみ出た部分がこれは意地悪なのだと冷酷に告げ続ける。女だけが渦巻いている場所に、二度と足を踏み入れるもんかと十六歳の私は決意したのだが、しかし、東京グローバルサービス（株）も女ばかりの職場ではあった。そうして私はそこでふたたび、女たちの慎重な意地悪にさらされることになったわけだが、しかし、マモちゃんは、その気になればあの女たちの数倍は意地悪ができるんじゃないかと最近思う。高校の彼女たち、仕事場の彼女たちなど、マモちゃんのこの突然の意地の悪さにくらべたら、羽毛布団みたいにやさしいんじゃないか。

「準備いい？　もう出たいんだけど」

洗面所からマモちゃんの声がする。

「ほーい」

私は両目をこすって立ち上がる。若い女がにこやかにしゃべるテレビを消す。

さっきまでにこにこ笑っていて、突然人を拒絶するような、こんな男をどうして好きなんだろう？

マモちゃんとともに部屋の外に出ると、午前中の清潔な陽射しがまぶしかった。背を押されるように階段を下りながら、ひょっとしたら、夢みたいにうまくいっていた日々は今日で打ち止めかも、とちらりと思った。いよいよ罰があたるのかも、と。ぞっとした。

ここ数週間の自分の行動をふりかえり、罰せられるにあたいするものを、朝の光のなか、駅へと向かいながらひっきりなしに考える。思いあたることは何もないようにも思え、また、たのしいと笑ったことすら罰せられるにふさわしい罪悪にも思えた。

クリスマス間近の町を、くそったれとつぶやきつつ私はひとり歩くのだった

バリにバカンスにいってきて、おみやげを渡したいから出てこられない？　と、高校生のときのクラスメイトだった山中吉乃《やまなかよしの》が電話をかけてきて、出かけるため化粧をした。眉《まゆ》を描きアイラインをひき色つやのない唇にグロスをぬると、鏡の前には、ひさしぶりに人間然とした女があらわれた。

山中吉乃と私は、高校生のときも、まして今も、さほど仲がいいわけではないが、彼女は定期的に私に連絡をしてくる。誘われるまま会うときもあるし、何かいいわけをつくってことわるときもある。今回彼女に会うために繁華街に出ていくのは、山中吉乃に会いたかったからでもなく、バリみやげがほしかったわけでももちろんなくて、家にいたら頭がおかしくなってしまいそうだったからだ。

待ち合わせをした紀伊國屋《きのくにや》書店のエレベーター前にいくと、ずいぶん大勢が人待ち顔で立っているが、山中吉乃はまだきていない。街路樹にくくりつけられた豆電球が点滅し、向かいのデパートのショーウィンドウには樅《もみ》の木とプレゼントがディスプレイされていて、ああ、クリスマスが近いのか、と気づく。

二、三ヶ月ほど前、辞めていく会社で荷物整理をしながら、マモちゃんと鍋《なべ》をつく図を想像しにやっついていたが、今の私はそんな妄想とかけ離れたところにいる。紀伊國屋の前を無数の人が行き交う。私の周囲で突っ立っている人たちのもとに次々と待ち人があらわれる。ほとんどが男と女の組み合わせで、彼らが恋人同士なのか、恋人になろうとしている友人同士なのか、ひょっとしたらこれから別れ話をする恋人たちなのかもしれないが、とりあえずみんな平等にしあわせそうに見えて、そんな彼らとも私はかけ離れたところにいるのだと、いちいち実感させられる。

ごめんごめん、おくれちゃった、と声のする方向に顔を向けると、山中吉乃が立っている。白い息の向こうで笑っている。

山中吉乃が連れていってくれた、ビルの地下にある魚料理専門の居酒屋は、ほとんどの席が忘年会らしいサラリーマンの集団で埋まっており、私と山中吉乃はカウンターに腰かけ、不自然なくらいくっついてビールを飲む。周囲の騒音——有線から流れる流行歌、場のくだけはじめた忘年会、両隣のカップルの笑い声、注文をくりかえす店員たちの威勢のいい声——に負けじと声のトーンを高くして、山中吉乃はバリ旅行について話す。泊まったホテルと、食べた料理。見にいった観光名所と、めずらしいダンス。バーで飲んだ高級なシャンパンと、非常に安く買えるブランドもの。私はそれらのどれひとつにも興味がもてず、ぼうっとしてうなずきながら、目の前に並んだ寒ブリだのウニだのをつつき、熱燗《あつかん》をたのみ、山中吉乃に酌もしてやらないで、ひとりそれを飲みはじめる。

周囲の何にも興味がもてず、ぼうっとしてうなずいている。頭のなかでわんわんと音をさせながら虫が飛びまわっている、それをどうしようもできないで、軽い混乱と不快と、深いあきらめを感じて、それでもものごとをわかったふりをして曖昧《あいまい》に笑っている。考えてみれば、学校にかよっていたころの私は、ずっとこんな具合だった。だからたとえば、高校生活を共にすごした山中吉乃にしてみれば、カウンターの隣で私がぼんやりした顔をして、ふん、とか、ほん、とかいい加減に答えているのを、いつもどおりのことと思うのだろう。そうしていることがまさに私の特色であると思うのだろう。

無愛想で反応が遅く、ぼうっとして、すべてに無関心で、根気もなく、世界の外に突っ立っている、というのが、学校という場所でなされる私への評価だった。意地悪な女たちがわんさといた女子高校で、そんな私は最初、愚鈍だの鈍ちんだのビョーキだのと陰でさんざんののしられ、友達になってくれる人もいなかったのだが、高校二年になってから、なぜか天然ぼけ、自然体などと肯定的にとらえられ、好意的に接してくれる人が増えた。好意的、というのは、成人がちいさな子どもやお年寄りを道徳的に気遣うことと、ある意味同義のように思われたが、けれど無視されたりののしられたりするよりはよっぽどありがたいことだった。

ぼうっとしているなんてとんでもない、反応が早く行動的で、強引で、頑固で、忍耐強く、ものごとに執着しやすいと私を評するのは、私が今まで好きになった三人の男だけだろう。大学生のとき恋人だった矢田耕介《やだこうすけ》、マモちゃんと会うころまでつきあっていた妻子もちの男、それからマモちゃん。

「ちょっと、トイレいってくる」

私は言って席を立つ。

「じゃあ私、追加注文しとくわね」

店内のにぎわいと酒に頬を上気させて山中吉乃は言い、私はうなずいてトイレに向かう。トイレの個室にこもって、携帯電話を取り出し、マモちゃんの携帯の番号を押す。耳に押しあてていると、ぴっ、ぴっ、と不穏な音のあとに呼び出し音が鳴る。やった！　と思わず小声で叫ぶ。心臓が呼び出し音にあわせてどくどくと震える。

しかし呼び出し音が五回ほど鳴ったあとで、ふいに見ず知らずの乾いた女の声が聞こえてくる。ただいま、電話に出ることができません。留守番電話サービスに接続いたしますので……、テープは無情にくりかえす。あ、山田です、えーと、ひまなとき連絡くださいでは。トイレのなかでちいさくそうつぶやいて、電話を切り、今度はマモちゃんの会社にかけてみる。

「はいもしもし」

幾度か聞いたことのある、愛想のいい男の声がすぐに耳に飛びこんでくる。

「あのー、いつもお世話になっております、田中さんはいらっしゃいますでしょうか」業務連絡であるかのようなふりをよそおい私は言う。

「あー」少し間がある。「ちょっと今、席外しですね……あ、ちがうや、今日は打ち合わせのあと直帰って書いてあるな」

「そうですか、すみませんでした」

私は電話を切る。トイレに用を足しにきたらしいだれかが、ドアをどんどんたたく。

「電話するなら外でしてくださいよー、おしっこ漏れちゃうよー」

声は言い、私はあわてて個室を出る。私を押しのけるようにして、スーツ姿の若い男が飛び込んでドアを閉める。

「忘れてた、これ、おみやげ！　これを渡しにきたのにねえ」

　席に戻ると、きんめ鯛《だい》に箸《はし》をつけていた山中吉乃が顔をあげ、バッグから包みを出して差し出す。

「開けていい？」言いながら包みを開ける。ニナ・リッチの香水と、寄せ木細工によく似た木製の宝石箱が入っていた。渦巻く雲みたいなかたちをした香水の瓶を開けて顔を近づけると、チューインガムのにおいがした。

「ガムのにおいに似てる」私が言うと、

「テルちゃんらしいかと思って」山中吉乃は笑い、
　私は唐突に、箸もお猪口《ちょこ》もきんめ鯛も放りだして、天井を向き大口を開けて泣きたくなる。けれどもちろんそんなことはしない。香水にふたをして、冷え切ったげその唐揚げを食べ、ありがとう、と山中吉乃に言う。いいのよ、山中吉乃はおだやかに言う。

　アパートから早朝帰されて以来、マモちゃんから連絡はない。あの日まで、電話は毎日きていたのに。二日にいっぺんは会っていたのに。私たちはふつうの恋人のように親密で、身近で、うまくいっているはずだったのに。

　あんまりぱたりと連絡がやんだものだから、ひょっとして事件か事故に巻きこまれているのかもしれないと思い、今まで私から連絡をしたことはなかったが、幾度か電話をかけてみた。会社に、自宅に、携帯電話に。携帯電話と自宅は留守番電話が答え、会社は席外し、外出、帰宅のいずれかで、一度だけ、マモちゃん本人とおぼしき男が出た。「マモちゃん、どうしたの」ととっさに言うと、どう考えてもマモちゃんの声のその男は、「は？」と言ってからしばらく黙り、「田中は出てますが」と声を低くして言った。

避けられているみたいだ、と思いはじめたが、その理由がまったく思いあたらないので、「避けられている」と自分に納得させることができない。「避けられているようだが、そんなはずはない」とどうしても結論づけてしまう。

「ねえ山中さん」熱燗の追加をしたあとで、私は彼女を正面から見る。少し離れた位置にあるまるい目、ちいさく上を向いた鼻。山中吉乃は高校生のときからこんな顔だったっけ。

「何？」

「あのね、もし山中さんが男だったとするじゃん。それでね、ある人、そうね、A子さんと毎日のように会ってたとするでしょ。毎日会って、ごはん食べて、いっしょにどっちかの部屋にいって眠ったり。それ、A子さんのことが嫌いだったとしてもそんなことする？」

「えー、しないよう。嫌いな人とごはんはまだしも、家になんか連れてこないよ。それって、エッチこみなわけでしょ？」山中吉乃は目を見開いて答える。

「でもさ、エッチこみだったとしても、急になんかあってA子さんのこと嫌いになったとするじゃん。そうしたら、いきなしすべての連絡断つ？」

言いながら、馬鹿みたいだ、と思っている。山中吉乃はマモちゃんじゃない。けれど私は訊《き》かずにはおれず、しかも、この店にいる全員、若く威勢のいい店員たちと、背後の和室で騒いでいるサラリーマンたち、恋人と酒を飲むカップルの男たち、魚をさばくごま塩頭の板前たち全員に、事情を説明し、訊いてまわりたいと切望している。私は避けられているのか？　私は嫌われたのか？　もしそうならその理由は？　そうじゃないなら電話のつながらない理由は？　アンケートをとって、集計して、確率の高い答を聞いて納得したかった。

私自身がほんの少し前、そういう仕事をしていたことを思い出す。脇毛の処理は週に何回おこないますか？　ワインを飲むのは月に何回？　選ぶワインの平均価格は？　映画を映画館で観る頻度はどのくらいですか？　数字を打ちこめば打ちこむほど、それは特定のだれかを離れて、現実感が薄くなる。その、現実感のない数字と向きあっていたことが、ひどく遠いことのように感じられた。

「テルちゃんさあ」ふと真剣な表情になり、山中吉乃は私をのぞきこむ。「ひょっとして今そんな男とつきあってるの？」

「つきあってるっていうか」私は言いかけ、やめろ、話すな、と、みずから命令してみるが、「つきあってるってわけじゃないんだ」コップが倒れ中身がこぼれるみたいなすばやさで話しはじめている。「ただ、しょっちゅういっしょにごはん食べて、どっちかの家に泊まりにいったりするだけで」

「それをつきあっているっていうんじゃないの？　そんなにしたしくしてるのにその男は恋人じゃないの？」

「うーん。恋人じゃない。ってゆーか彼はそうは思ってない」

「なんなのよ、それは。どういうことなのよ」

山中吉乃は私に向きあって真顔で訊き、

「それがね」

私は話しはじめる。マモちゃんと会ったところから、何も包み隠さず、できるだけ主観を排し客観的に、思い出せるかぎりのできごとを、微細に。背後のサラリーマンたちが歓声をあげると声を大きくし、山中吉乃が追加注文をしているときは長い間をとって。

話しはじめると、しかしとたんにわくわくしだしている自分に気づいて、我ながらなかばあきれる。マモちゃんとうまくいっていた日々を思い出すだけで口元がゆるむのである。そうなのだ。電車で隣り合った男が広げた新聞に、田中という芸能人の名前を見つけただけで私は心が躍るのだ。もちろん芸能人の田中何某《なにがし》は、マモちゃんとまったく関係がないのだが。

高校を卒業して、高校時代のすべての友人知人と連絡が途絶えたが、山中吉乃だけはなぜかそのころしょっちゅう電話をかけてきた。私のすすんだ大学は都内にあって、山中吉乃のかよう大学は神奈川県にあり、かなり離れているのにもかかわらず、学校の帰りに食事をしないか、お茶を飲まないか、と連絡をよこしては、私の学校の近辺まで出てきてくれるのだった。そうして今日のようにうまく話を聞き出すから、山中吉乃は葉子よりも私の恋愛事情に精通している。

なんだかあぶなっかしいのよね。と、いつだったか山中吉乃は私に言った。テルちゃんはなんだかあぶなっかしい恋愛ばかりしているから、心配しちゃうのよ。

「テルちゃんはあいかわらずだね。どうしてそういう男とそういう恋愛をするの？」

連絡がまったくとれない、というところまで聞いたのちに山中吉乃はきっぱりと言う。

「だから私とマモちゃんは恋愛関係にまで至ってないってば。私が勝手に好きなだけだよ」

私の訂正は無視し、山中吉乃は続ける。

「テルちゃんみたいな人のこと世間一般でなんていうか知ってる？」

　知ってるよ。便利女っていうんだよ。心のなかで答えるが口には出さない。

「都合のいい女っていうんだよ。どうしてさあ、そういうことをして女の価値を下げるわけ？　テルちゃんがそういうことするからさあ、男は女よりえらいって思いこむ馬鹿男がいつまでたっても減らないんだよ？」

　お猪口の上で徳利《とっくり》を傾けるが中身は出ない。ふりかえって目が合った店員に、一本追加、としぐさで告げる。サラリーマンたちは二次会へ向かうのか、帰り支度をしている。そういえば、私たちの両隣にいたカップルの姿ももうない。さっきよりスペースは空いているのに、私と山中吉乃はまだぴったりとくっついている。

「今回のバリ旅行、ホテルの予約からチケットの確保からエステの情報収集からオプショナルツアーの申し込みから、全部高山《たかやま》がやったのよ。っていうか私がそうしむけたの」

　私のついだ日本酒をなめるように飲み、山中吉乃は前を見据えてそんなことを言い出す。高山というのが山中吉乃の恋人らしい。

「アマンダリに泊まりたい、そこじゃなきゃぜったいにやだって私言い張って。しょぼいとこなんて泊まりたくないじゃない？　予約入れるの結構たいへんだったみたい、私はよく知らないけどさ。支払いも全部高山。当然でしょ？」

　うなずきながら私はメニュウを広げる。店員を呼び、茹《ゆ》でタラバ蟹《がに》と子持ち昆布を追加注文する。サラリーマンたちが帰っていって、急に店はしずまりかえる。

「最初は高山もぜんぜんつかえない男でさ。なんでも前につきあってた女ってのが便利系でね、高山、彼女にごちそうしたことなかったんだって。いっつも一円単位まで割り勘してたんだって。それが当然だと思ってる男によ？　食事代金くらい男が払うべきだし、旅行にいくとなったら下調べするのは当然男の役割だって、そういうことを教えこむの、ほんとにたいへんだったんだから。でもねテルちゃん。そういう恋愛をしなきゃだめよ。男におもねっていちゃあだめよ。男ってのはどんどんどんどんつけあがるんだから」

子持ち昆布がくる。茹でタラバがくる。酒を口に含み、私は蟹の身をほじくり出す。

「前の不倫じゃあるまいし、呼び出されたときだけ会いにいって、帰れって言われたらおとなしく帰ってきて、こっちから連絡しても電話がつながらないなんて、そんな男、最低じゃないの。私だったらそんなやつ、蹴《け》っ飛ばしてでも更生させてやるわ。テルちゃん、耐える女、尽くす女なんか今どきはやんないよ？　昭和のはじめじゃないんだから。そういう恋愛をしてるとね、今に顔に出てきちゃうわよ。三十前に苦労と悲哀のにじみ出た老け顔になっちゃうよ」

私はふりかえり、定位置にいる店員に空の徳利をふって見せる。店員はすばやくあたらしい徳利に酒を注いで持ってくる。この店員を、葉子だったらかっこいいと言うだろうか。

「三十歳が近くなって私しみじみ思うの。ファミレスでごはん食べてたらファミレスが似合う顔になるのよ。百円ショップで生活雑貨そろえたら百円ショップの顔になるの。私の知り合いにもいるけどさあ、なんか年下の男を食わせてるとかで、そりゃあ見事に貧乏くさーい顔をしているわけよ。私は絶対あんなふうにはなりたくない」

なんだかあぶなっかしいのよ、ねえ、今はどんな人とつきあっているの？　と訊いてくる山中吉乃はいつだって、私の話を呼び水のようにして、よくわからない話をとうとうとはじめるから、だからいつも、彼女には何もしゃべるまい、と思うのだが、結局私はいつも（彼女言うところの）不幸な恋愛を打ち明けてしまうのだ。学習能力のない阿呆《あほう》なペットみたいに。

運ばれてきた酒を二杯ほど飲み、

「あっ、いけない、私今日いかなきゃいけないところがあるんだった」

私はそう叫んでみる。山中吉乃は酔ってとろりとした目を向け、

「馬鹿男のところにいくの？　やめなさいよ、そんな利用されるだけの恋愛は」

そんなことを言う。

会計は、いいと言ったのに山中吉乃が払うといって譲らない。私が無職だからだそうだ。

「高山を呼ぶからどっかでコーヒーでも飲んでいかない？　テルちゃんちまで送らせるわ

よ」

レジ係が私たちの注文を延々とレジに打ちこむのをながめ、山中吉乃は言う。

「ううん、もういかなきゃなんないし」私は答える。

「そう？　すぐくるように言うけど？」山中吉乃は鞄《かばん》から携帯電話をとりだしている。

「ううん、本当にいいんだ。ごちそうさまです。山中さん、どうもありがとう」

私は言って、自動ドアをくぐり、地上へと向かう階段を駆け上がる。背後で山中吉乃が何か言ったような気がしたが、ふりかえらなかった。

クリスマス用にライトアップされた町を走り抜け、小田急《おだきゅう》線乗り場へと急ぐ。人でごった返した券売機の前をいらいらとすすみ、世田谷代田までの切符を買う。押しかけるつもりはない。姿を見せるつもりもないし、何か伝えたいわけでもない。マモちゃんが私に会うことを望まないのなら、私はけっして会いにはいかない。マモちゃんという人物が、私の妄想がつくりあげた架空のだれかなんかじゃなくて、ちゃんと存在しているんだということを、ただ私は猛烈に知りたかった。私は耐えて尽くす女ではなくて、マモちゃんは男がえらいと思っている馬鹿男ではなくて、何か一般的ではないらしい関係図のなかに収まっている、ただの山田テルコとただの田中守なんだと納得したかった。

万が一にもマモちゃんにばったり会ったりすることのないよう、神経を集中して周囲に気を配り、私はマモちゃんの住む五階建てのアパートを目指す。電信柱の陰から陰へと移動し、これでは逆に目立ってしまうと途中で気づき、うつむいて顔を隠すようにして夜道を歩く。

自動販売機の前に立ち、数メートル先にたたずむ幸栄ハイツの三階角部屋を私は見上げる。橙色《だいだいいろ》の明かりがついている。カーテンが数センチ開いている。天井あたりの色がちかちかかわるのは、テレビがついているからだろう。テレビか、もしくはビデオが。マモちゃんはあのなかにいる。暖房をつけてテレビ画面と向きあっている。そういう種類の薬を飲んだみたいに、指の先、髪の先まで私は深く安堵《あんど》する。

ふと思いつき、鞄から携帯電話をとりだす。マモちゃんをこわがらせたり不快にさせたり、私と話したくないのに話すように強要するような真似はけっしてしたくないのに、たしかめたくてたまらなくなる。今電話をかけたら、部屋にいるマモちゃんは出るのか、出ないのか。受け入れるのか、拒絶するのか。どうしてもどうしてもたしかめたくなる。

自動販売機で缶コーヒーを買い、あたたまった缶を首や鼻先に押しあてて逡巡《しゅんじゅん》し、結局、私は自分自身に負けて携帯電話のアドレス画面を呼び出す。タ行からタナカマモルを選び出し、自宅番号を選択し、冷え切った指先で発信ボタンを押す。

耳元で呼び出し音がくりかえされる。見上げる部屋の空気は何もかわらない。明かりはついたままで、天井にちかちかと色が流れている。六回の呼び出し音のあとで、聞き慣れた留守番電話の応答女の声が聞こえてくる。ただいま、留守にしております。ファクシミリのかたは、そのまま送信してください。ご用件のあるかたは、ピーッという発信音のあとに……。私は電話を切る。三階角部屋に人影は横切らず、明かりはついており、町はしずまりかえっている。橙色の明かりを残像のように味わいながら、私は駅に向かって歩きはじめる。明かりの少ないしずかな夜道を歩いていると、なぜか、ずっと昔、おさないころのクリスマスをふいに思い出した。

私がおさないころ、近所の商店街が毎年クリスマス会を主催していた。クリスマスイブの夜、商店街のつきあたりにある小学校の庭で、それはおこなわれるのだった。入り口に巨大な樅《もみ》の木が設置され、ぴかぴか光る赤や青や黄のボールが吊《つ》り下げられ、校庭の木々に豆電球が点滅し、クリスマスの音楽が鳴り響き、お祭りのときみたいに、商店街の人々がシャンパンを配ったりケーキをふるまったりした。サンタクロースの扮装《ふんそう》をした体育教師がダンスを披露したり、母親たちのにわか聖歌隊が歌をうたったり、高校生たちがハンドベルを演奏したりした。私はいつも、父と母につれられてこのクリスマス会にいった。父も母も軽く興奮して、シャンパンを幾度ももらいにいったり、サンタクロースのダンスに手拍子したりしていて、ふたりは、きっと私も同じように興奮しはしゃいでいるにちがいないと信じて、あれやこれやと話しかける。ねえテルちゃん、見て、サンタの袋、何入ってるんだろ。テルコ、このシャンパン飲んでみな、すごく甘くておいしいから。

私はいつも途方に暮れた。くりかえし流れる音楽、人々の笑い声と拍手、甘いにおい、電飾とろうそく、赤や黄の光るボール、そんなものに囲まれて、いつだって逃げ出したい気持ちになった。けれど私はいつも興奮し、はしゃぐふりをした。父のように、母のように、商店街の人々のように。そうしなければ追い出されるような気がした。逃げ出したいくせに、追い出されたくはないのだった。逃げ出しても、追い出されても、しかしそこ以外にひとりでいける場所なんかないことは、理解していた。ふりは存外かんたんで、父も母もよろこぶ私を見てさらに上機嫌になり、ときに私を抱きしめたり、肩車をした。

駅が見えてくる。茹《ゆ》でタラバの脚を食べないまま席を立ってしまったことを思い出す。あれ、もったいなかったな、とちいさくつぶやいてみる。少し救われるような気持ちになって、タラバ、残してもったいなかったな！　さらに声を大きくして言ってみると、角を曲がってきたカップルが、ぎょっとして私を見る。

もうほんと、ほかにだれもいねえよってときに、呼び出してもらえるようでありたいっす

大晦日《おおみそか》は葉子の家で迎えることになった。

依然としてマモちゃんと連絡がつかないまま、年末になってしまった。一ヶ月以上、マモちゃん本人の声を聞いていないと、アパートの明かりを確認しようが、同僚らしき男たちと飲み屋に入っていくうしろ姿を盗み見ようが、田中守などこの世に存在しない、あるいは、存在したとしても私とは一面識もないだれかであるような気がしてくる。携帯電話に残った着信履歴をぼんやり眺めていると、めし食う？　というマモちゃんの声や、タクシーの後部座席で眉《まゆ》を描いたりしたことが、果てしない私自身の妄想に思えてくる。ふたりで迎える冬を思い、秋に買った土鍋《どなべ》など、台所の隅に用のない植木鉢みたいに転がっている。

「おばさーん、こんにちはー」

まず母屋を先に訪ね、玄関先で葉子母を呼ぶ。

「あらあらあらあら、テルコちゃんじゃないの。ナカハラくん、もうきてるわよ。あたし今おせちつくってるの。葉子は馬鹿だから餃子《ギョーザ》つくるんですって。おせち持ってってあげるって言ったのに、中国じゃ新年は餃子なんだって、へんなこと言うのよねえ、あの子。ここは中国じゃないしあの子は中国人でもないのに」

葉子母は白い割烹着《かっぽうぎ》姿で、片手におたまを持ったまま玄関に出てくる。

「ふうん、ナカハラくんもきてるんだ。うまくいってるんだ」

「どうだかねえ。葉子はわがままだしプライドが高いからねえ。テルコちゃんはどうなのよ」

「あはは。うまくいってたら葉子ちゃんのとこになんかこないよ。あ、これ、安物だけど、おみやげ。それじゃああとで」

酒屋で買ってきた日本酒を葉子母に渡し、私は頭をさげて玄関をあとにする。

「どうもありがとね、明日お雑煮食べにいらっしゃいねえ！」

背後で葉子母の声が響く。

離れにいくとだれも出てこず、私は勝手にあがりこむ。台所でナカハラくんが額に汗を浮かべて何かを必死でこねている。

「こんにちはテルコさん」

ひさしぶりに見るナカハラくんは、笑顔で言う。

「何つくってるの」

「餃子の皮。葉子さんは今風呂《ふろ》っす」

言いながらにやけている。

「ふーん、風呂」

「いや、そんなんじゃないんだけど」まだにやけている。

「うまくいってるんだ」安心するような、おもしろくないような、複雑な気分だ。

「いや、うまくはいってないすけど。大晦日に声かけてもらえて、うれしくて」さらににやついて、意識して口元をひきしめ、急に真顔になって「あ、テルコさん、ビール冷蔵庫入れときますよ、あとなんか冷蔵庫入れるものあります？　つーか、満タンなんすけど」

言い、けれどやっぱり口元がゆるむ。

「なんだ、うまくいってないんだ」買ってきたものをナカハラくんに手渡しながら私はつぶやく。「なんか手伝うこと、ある？」

「今のところないっす。ビールでも飲んでてください」

言われるまま、台所に突っ立って私はビールを飲む。ナカハラくんは白いねんどみたいなかたまりを無言でこねあげている。見ていると、にやついてみたりきりっとしてみたりしている。頰の筋肉を引き締めても、すぐにゆるんでしまうんだろう。

生地がこねあがるころ葉子は風呂場から出てきて、

「あ、きてたのテルちゃん」私を見て言い、「ねえ、電話きた？」ナカハラくんに訊《き》く。

「きてないっすよ」ナカハラくんはこねたかたまりにラップをかけ、ものの詰まった冷蔵庫に苦労してしまっている。

「あっそ」

葉子は言い、台所を出ていく。洗面所からドライヤーの音が聞こえてくる。

台所のテーブルを三人で囲み、ナカハラくんがめん棒で伸ばしていく餃子の皮に、葉子とふたり、スプーンであんを詰めていく。葉子はどことなくそわそわしていて、話しかけてもてきとうな答しかかえってこない。しまいに私もナカハラくんも無言になり、そういう作業所であるかのように私たちはひっそりと餃子をつくっていく。

餃子のあんをすべて詰め終え、ナカハラくんがあとかたづけをはじめたときに電話がかかってきて、葉子はすっとんで子機をつかみ、そのまま何かの密談をするように隣室へいく。ナカハラくんの洗った食器を布巾《ふきん》で拭《ふ》きながら、

「なんなの、あれは」訊いてみるが、

「さあ」ナカハラくんはあいかわらずにやついたまま首をひねる。しそ餃子、キムチ餃子、海老《えび》餃子、水餃子、数の子、サラダ、かに玉、脈絡のない料理を、居間のちゃぶ台に並べ、大量のビールとともにだらだらと食し、もう食えない、と私がギブアップ宣言をしたところ紅白歌合戦がはじまり、それじゃあワインでも、とナカハラくんが腰を持ち上げた段になって、

「悪いけど私ちょっと出かけてくるね。あっ、でもあんたたちはここにいていいから」

葉子が言った。早口のせいで、なんとなく小学生が威張っているように聞こえた。私とナカハラくんは意味がわからなくて顔を見合わせる。

「さーて、着替えてくっかな」

葉子は言って、隣の部屋にいく。私は追いかけ、葉子が寝室に使っているその和室に入ってうしろ手で襖《ふすま》を閉める。

「何よそれ、なんで私とナカハラくんをふたりにすんのよ？　いっしょに年越ししようって言ったじゃん。だから私きたんだよ」

「私は今日マジで三人で年越ししようって思ってたんだけど、ちょっとね、お世話になった人が主催のパーティがあって、急に呼び出されちゃって」

つっぱり棒を吊《つ》ってクロゼットがわりにしている押し入れを物色しながら葉子は言い、ふと私をふりかえる。

「あ、テルちゃんだったらいいよ。いっしょにいく？　シャンパンと高級ワイン飲み放題だよ。そうしない？　今日こそいい出会いがあるかも。あんなおれさま男消去できるくらいの、あらたなる救世主があらわれるかもよ？」

「ナカハラくんはどうすんの」

「ああ、あの子は平気。あの子はひとりで留守番とかぜんぜん平気だから」

「そういうことじゃないじゃん！」思ったより大きな声が出た。「八歳になったから留守番ができるとかそういうことじゃないよ」

「何言ってんのテルちゃん、ナカハラはもう二十六歳だよ？　あれ、七だっけ」

　葉子はとんちんかんなことを言い、黒いワンピースを選んで着替えはじめる。

「そうじゃなくてさ、葉子ちゃん、そういうのって失礼だよ！　呼び出して葉子ちゃんはいないんだったらナカハラくんにてめえの着替えシーンくらい見せろ!!」

「何言ってんのよう、テルちゃんたらへんなこと言うよね」

　葉子は笑い、ストッキングをはき、窓際に移動して化粧ポーチを用意している。私は何も言わず居間に戻り、ナカハラくんが開けたばかりのワインをグラスにそそぐ。ちらり、とナカハラくんを見やると、落胆に、にやにや笑いの残った複雑な表情をしてワイングラスを眺めている。乾杯、と、祝うべきことなんか何ひとつないのに彼のグラスにグラスをぶつける。

「じゃあ、いってくるねー。遅くなると思うけど、何時までもいていいからね。明日まででもいいし、帰るときは戸締まりをお願いね」

葉子は言いながら玄関へ直行し、そのままおもてへと飛び出していった。

「お蕎麦《そば》、何時ごろ食べようか」

ナカハラくんはひっそりと言う。生地のこね損だね、と言って笑ってみようかと思うが、なんだかナカハラくんをいたずらに傷つける気もして、黙る。

私たちはどちらも何も言わず、グラスが空けばワインを満たし、ちびりちびりとそれを飲み、見たくもないがほかに目をやる何かもないので、ぼんやりと、テレビのなかで歌う歌手を眺めている。

ナカハラくんと私は、この家や葉子を交えた居酒屋で、何度か顔を合わせたことがあるものの、したしいわけではない。異性としてはもちろん、友人としてさえも、なんの興味もたがいに持っていないのは自明のことで、唯一の共通点はだから、葉子その人のみということになる。彼女がいれば場はもりあがるが、彼女がトイレにいってしまったり煙草を買いにいったりすると、私たちはこんなふうにぼんやりと黙って、テレビがあればテレビを、なければ他の客を、それもいなければ店員を、それもいなければテーブルの上に並んだ料理などを眺めて、彼女の帰りを待つだけなのだ。

「こんばんはー」

離れの玄関を開ける音がし、葉子母が居間へと顔を出す。

「ごめんなさいねえ、ナカハラくん、あの馬鹿娘が馬鹿なことして。ほんとうにわがままで困っちゃう。ね、これ、おせちつくったの。おいてくから、明日の朝食べてちょうだい」

葉子母はちゃぶ台にお重を置いて、得意気に一段一段開けてみせる。わあすごい、とか、きれい、とか、これもつくったんすか、とか、私たちは一応歓声をあげる。

「ねえ、あたしも一杯いただいていい？　ワイン」

さっきまで葉子が座っていた席に葉子母は座り、そんなことを言い出す。ナカハラくんが葉子のぶんのグラスにワインを注ぐ。葉子母は、どこで見聞きしたのか、慣れない手つきでグラスをくるくるとまわし、すぼめた口でワインを飲む。

「あらあ、おいしい、このワイン」

「でしょう？」私は思わず言う。「これね、四千二百円もしたんだよ。おばさん、私今失業中なのね。失業者に四千二百円の出費は痛いよ。けど、せっかく葉子ちゃんが呼んでくれたんだしさ、奮発したんだよ。それなのに葉子ちゃんったらさ」

「そうよねえ。あの子は昔からなんていうかひん曲がってんのよ、根性が。テルコちゃんやナカハラくんみたいに素直になればもっと生きやすくなるのにってあたしなんか思っちゃう」

「そうすかね」ナカハラくんが言う。困ったような顔で笑っている。「葉子さんのほうが生きやすいと思うけどなあ」

「そんなことないのよ。ああいう根性曲がりが一番たいへんなの。今でも思い出すんだけどあの子ね、まだ幼稚園のころよ、あたしとワンピース買いにいって、葉子はあれがほしいんじゃない？って指さしたらさ、そんなもの絶対にほしくないって言い張るのね。あたしに見透かされたのがくやしいのよ。ばっかじゃない？　それで、挙げ句の果ては、ワンピースなんかほしくないんだって言いだして、なんにも買わずに帰ってきたことがあったわねえ。そうなのよ、それがほしいのよって笑って言えるような子になってほしかったんだけどねえ」

私とナカハラくんはなんとなく黙って、テレビから流れるやけに湿っぽい演歌を聞いている。

「あたしも悪いことしたとは思うのよ」テーブルの真ん中、垂れたしょう油じみのあたりを見つめてふと葉子母はつぶやく。「なんたってあの子はあたしを見て育ってるから。だからあんなになっちゃったのよね」

葉子母の言っている正確な意味はわかりかね、

「あんな、ってのも言いすぎだけど」

私は言って笑ってみせる。

「そうっすよ、葉子さんはすてきな人です」

ナカハラくんが間抜けな真顔で強く言う。

「お友達にめぐまれてるからしあわせなのよ、あの子はね。さてと。年寄りが長居しちゃ迷惑よね。ナカハラくん、あんた葉子を一度こらしめてやんなさい。いいわね？　ワインごちそうさま、それじゃあね。あと少しだけど、よいお年をね」

葉子母はあわただしく居間を出ていく。私たちは少し笑ってたがいのグラスにワインをつぎあう。

蕎麦でも茹《ゆ》でっかな、ぽつりと言ってナカハラくんは立ち上がる。

「なんか葉子むかつかない？」ナカハラくんを追いかけて台所へいき、私は言う。「失礼だっつーの。友達だから何してもいいわけないよ。ナカハラくんに対してだっていい気になりすぎっていうか。つきあうつもりはないけど、嫌われたくはないってことでしょ？何かしてあげるつもりはないけど、何かしてもらいたいわけだよ。図々《ずうずう》しいよ、そんなの。なにさまだっつーの」

いくらだって言える。しかし、言っているうち、だれに向かって言っているのかわからなくなる。葉子にか、葉子にけっして怒らない目の前の男の子にか、いとしいマモちゃんにか、それとも、この私自身にか。

「いやー、葉子さんはやさしいっす」

さらに続けようとすると、のんきな声でナカハラくんがさえぎる。鍋《なべ》に湯をはり、火にかける。

「だって考えてもみてくださいよ。実際ぼくはひとりでぜんぜん平気だけど、でもここにこうして集めれば、ひとりさみしく年を越す人がいないって、葉子さんは葉子さんなりに考えたんだと思うんす」

私は鍋のなかの湯を見つめながら、ナカハラくんの言葉を聞く。マモちゃんはどこでどうしているのか。私のことをちらりと思い出したりするんだろうか。

ナカハラくんの茹でた蕎麦を、居間で黙って食べた。テレビは騒がしくいっときも無音にならないのに、部屋じゅうはしんとしずまりかえっていた。この町全体がしずまりかえっているようだった。

「でもさ、へんなこと言うけど、すごくさみしいときってないすか？」蕎麦から顔をあげ、酒で顔を赤くしたナカハラくんが突然口を開いた。「でも」がどこに続くのかわからなかったが、私は黙ってうなずいてみせる。「だれでもいいから電話したいとか、だれでもいいから今酒飲みたいとか。特定のだれかに会いたいってんじゃなくて、ほんと、マジだれでもいいって、そんな気持ちで携帯のアドレス眺めてるときとかって、テルコさん、ないっすか？」

「まあね。あるけどね。部屋でひとりで飲んでたりすると、十二時とか一時がやばいかな。何っていうわけじゃなくて、今日犬触ったとか、テレビつまんないとか、そういうことしゃべりたくなったりする」

「でしょ？　なんていうのか、そういうときに、いつでも呼び出してもらえるようなところにいたいんす。べつに、いつもぼくじゃなくていいんだ。もうほんと、今日はなんでかほかにだれもいねえよってときに、あっ、ナカハラがいんじゃんって、思い出してもらえるようになりたいんす」

私はナカハラくんの空いたグラスにワインを注ぐ。これはナカハラくんが買ってきたものだ。きっとナカハラくんも奮発したんだろう。芳醇《ほうじゅん》なアロマ、力強いながらでしゃばらないフルボディ、とかなんとか書かれた説明を熱心に読みながら。

「私たち、なんかストーカー同盟の反省会って感じ」

頭に浮かんだことをそのまま言うと、

「なんすか、それ。ひどいな、心外だな」

ナカハラくんは真顔で抗議していたが、やっぱり途中で笑い出した。

紅白歌合戦が終わり、二本目のワインを半分ほど飲んで、私とナカハラくんは急に正月ムードになったテレビを眺め、ふと、ごおんと鐘の音がして顔を見合わせる。

「外かな？　テレビのなかかな？」

ナカハラくんが言い、居間の窓を開け放つ。ナカハラくんと並んで私も窓の外に顔を突き出す。

葉子の家を覆う庭と、その向こう、しずまりかえった住宅街はひっそりと闇に沈みこんでいて、歩く人の姿もない。酔っぱらっているのか、寒さはあんまり感じず、それはナカハラくんも同じようで、私たちは窓から身を乗りだしたままじっとしている。見上げると月は満月に近くふくらんでおり、いくつかの星がくっきりと見える。ごおん、と、澄みきった空気をふるわせて鐘の音が鳴り響き、私とナカハラくんは子どものように顔を見合わせる。

「聞こえた」

「どこからだろ。近所に寺ってありましたっけ」

息が白い。私たちは瞬間、たがいの白い息が吹きかかる距離で見つめあう。こんなに近くにいる私たち、おたがいがおたがいの求める人だったらどんなにいいだろう。どんなに満ち足りているだろう。手を伸ばせばすぐに触れることができ、寒さを感じたら抱きあってあたためあえる距離にいるのだから。けれど、見つめあった男の子の目のなかに見えるのは、私自身だ。気まぐれに出かけてしまった飼い主をひたすら待ち続ける、馬鹿でかなしい犬みたいな私自身だ。私とナカハラくんは、つながることが可能な男と女であるのに、これほど近い位置で見つめあっても、そこに自分の姿しか見ることができない。

私たちはぎこちなく目をそらす。ナカハラくんもきっと今おんなじことを考えているのだと、私は理解する。理解するが、口には出さない。

ごおん、とふたたび鐘の音が響いてきて、

「ね、来年の抱負を言い合おうよ」

私は言う。

「それよりか」ナカハラくんは困ったような顔で笑う。「ぼくたちの煩悩が少しでも目減りするように祈りましょうよ」

あはは、私は笑う。

「それもそうだね」

庭の向こうの道路を、騒々しいグループ連れが通りすぎる。ハッピーニューイヤー、だれかが酔っぱらった声で叫び、年がかわったことを知る。私は手にしていたグラスの中身を飲み干して、酒臭い息を大きく吐く。

葉子は今どこにいるのだろう?

マモちゃんは今どこにいるのだろう?

家からずっと遠くに連れてこられ、帰るすべもなく身を寄せ合っている犬みたいな私たちを、彼らが迎えにくる日はいつかおとずれるんだろうか?

思い浮かべた百の不幸も、
私に比べたら千倍のハッピーに匹敵するんじゃなかろうか

ほぼ三ヶ月の空白ののち電話をかけてきたマモちゃんは、まるで昨日こうして話していたかのような親しげな口ぶりで、今日の夜、ひまだったりする？　と訊《き》く。マモちゃんの生の声を聞くのがあまりにもひさしぶりすぎて、なんだか頭痛までする。

「あ、べつにいいっすよ」

動揺を気取られないように私は何気なさを装って言う。

「じゃあさ、七時に恵比寿《えびす》の桔梗《ききよう》って店、知ってるよね、あそこで」

マモちゃんはそれだけ言って、電話を切る。

恵比寿の飲み屋に七時なんて、なんだかデートみたいだ。去年の、出会ったばかりのころみたいだ。映画を観たり、そのあと軽く飲んだりしていたころとおんなじだ。

クロゼットを開け、目についた服をとりだす。口元が次第にゆるんでくる。十月から今日まで、連絡はまったくなく、振り込みをたのみたいだの、ちょっと煙草を買ってきてだのという程度の用もなく、こちらからかけても留守番電話か席外しかのどちらかで、きっともう、会ってもらえないんだろうと思っていた。どうしてだかはわからないがとにかく、そういうことなのだろうと。だから私も、みぞれ鍋《なべ》だの仕事運だののほざくのはやめて、いいかげん妄想と現実の区別をつけて、きちんと生活をたてなおしにかかろうと、昨夜決意したばかりだった。

しかしこうして電話がきて、しかも振り込みでもなく買いものでもなく、男女が落ち合うもっともまっとうな時間に飲み屋へいこうというのだから、それは私の杞憂《きゆう》だったと思わざるを得ない。なんでもなかったのだ。マモちゃんの言うとおり、この三ヶ月彼は過労死するかもしれないほど忙しくて、疲れ果てて、電話をかけることはおろか、部屋にいてさえ受話器をとることも叶《かな》わなかったのだ。

シュミーズ姿のまま、窓から外を見る。隣のビルの壁と、変形空が見える。その合間を、蜘蛛《くも》の糸みたいに電線が複雑に入り組んで走っている。その黒い線の一本一本でさえ、昨日までは馬鹿らしくて醜くて無意味だと思っていた。でも今日は、変形四角の空の、突き抜けたような青さに目がいくのだから、私はずいぶんかんたんな女だ、と思う。

クロゼットから引っぱり出した幾枚かの服を、床とベッドに並べて私は見入る。ワンピースじゃ気張りすぎだ。タートルネックは二年前のもので、なんとなく野暮ったい。去年の年末セールで買ったスカートも、生地が厚くてあたたかいけれどウエストまわりがだぶついて見えるのが難点である。このあいだ買ったセブンのジーンズ、グレイに紫のパイピングがほどこされたフレッドペリーのジャージが手持ちのなかではあたらしいほうだが、しかし以前一度いったことのある桔梗という店は少々大人びており、ジャージにジーンズというのはどうか。このジャージはかつて葉子に「高校時代の体操着をまだ持っているの？」と真顔で訊かれたシロモノでもあるし。私自身はジーンズだろうがパジャマだろうが、まったく平気の平左だが、いっしょにいるマモちゃんがあんな珍妙な女を連れてと思われるのは気の毒だ。

傾いて金色じみてきた陽が、部屋に斜めにさしこみ、私は何も決められずシュミーズ姿のまま部屋に突っ立っている。三ヶ月ぶりにマモちゃんに会うのに、ばっちりのコーディネイトが思い浮かばない。母親がドアから顔を出し、今日は寒いんだからその厚手のセーターにウールのズボンでいきなさい、とかなんとか、簡潔でわかりやすい指示を与えてくれたらいいのに、と思うが、もちろんそんな人物はあらわれない。

結局、ザ・無難なセーターとスカートを身につけた私は、待ち合わせ時刻より三十分以上早い六時二十二分に桔梗前に着いてしまった。先に店に入って飲んでいようか、とちらりと思うが、速攻でここまできたことが見透かされ、マモちゃんをびびらせそうな気がし、駅前ロータリー周辺をうろついて、目についたショットバーに入る。

店はまだ開店したばかりで、客は私しかいない。カウンターだけの細長い立ち飲み屋で、カウンターに肘《ひじ》をつく私は窓からおもてを眺める恰好《かっこう》になる。ジンをたのんで一気飲みする。三ヶ月の空白を置いて、しらふでマモちゃんに会う気骨が私にはない。二杯目のジンをたのみ、今度はゆっくり、ちびりちびりとなめるように飲み、窓ガラスの向こうを眺める。コートを羽織った男や女たちがせわしなく行き来している。

こうしている姿をマモちゃんに一番見られたくないと思う。酒を飲む約束をしているのに、景気づけのため、ひとりショットバーで先に飲んでいたりする、私のこういうところをマモちゃんはあんまり好きではないのだ。なんつーか山田さんて、そういうとこ謎だよね。不思議ちゃんっていうか不気味ちゃんっていうか。冗談交じりにそんなことを言われたことがある。マモちゃんを私のアパートに招いて手料理をふるまうことになったはいいが、失敗をおそれるあまり、私は直前まで同じ品目をひたすら練習のために作り続け、それが後にばれたとき、マモちゃんは困ったように笑い、そう言ったのだった。

私だってそうだ。こんな自分はあんまり好きじゃない。もっと自然体でいられたらいいのにと、心から思う。しらふで三ヶ月ぶりのマモちゃんに会って、ひさしぶりー、なんてさわやかに笑えたらどんなにいいだろうと思う。

窓ガラスの向こう、行き交う見知らぬ人々のなかに、なつかしいマモちゃんの姿を見つけ私は指の先まで緊張する。通りから、薄暗いこちらの店内は見えないというのに、身を隠すように数歩あとずさり息を殺す。黒いコート姿のマモちゃんは私の妄想そのものであるかのように、ゆったりした足どりで歩道を歩き、待ち合わせの店に向かう。

本当に妄想かもしれないとはたと思ったのは、マモちゃんがひとりではなかったからだ。マモちゃんの隣には女がいる。てっきり、歩く速度の同じ通行人かと思ったが、マモちゃんは彼女に笑顔を向けて何か話しかけている。そうしてふたりは言葉を交わしながら、私とマモちゃんが待ち合わせた店へと続くビルのエレベーターに乗りこむ。

腰まである長い髪を橙色《だいだいいろ》に染めた女で、顔はよく見えなかったが、龍の刺繡《ししゅう》のスタジャンを着て、裾《すそ》の広がったジーンズをはいていた。マモちゃんの会社で働く女の子ではないと思う。

空きっ腹にジンを二杯も流しこんだから、きっと幻を見たのだ。こんなことがあったらいやだな、と思う潜在的恐怖感を妄想仕立てにして、自分自身に見せてみたのだ。

いや、ちがう。もっと現実的に考えよう。今の女は幻覚じゃない。

マモちゃんはわざわざ私に電話をかけてきて待ち合わせをしたのだから、私に紹介するためにあの女の子を連れてきたと考えるほうが、正統的、かつ現実的である。とすると、あの女の子はマモちゃんの妹だとか、姉だとか、兄の嫁だとか、弟の恋人だとか、若く見える母親の妹だとか、遠方に住んでいて冬休みを利用して遊びにきたいとこだとか、東京の大学を受験するために上京した恩師の娘さんだとか、そんな間柄だろう。そうに決まっている。

時計を見ると七時を過ぎている。あわてて勘定を済ませ、ショットバーを飛び出して、夜の空気のなか、一瞬深呼吸をする。ジンの甘苦い香りが鼻先をかすめ、私はあたふたと待ち合わせた飲み屋へと続く、古びたビルのエレベーターに乗りこむ。

「塚越《つかこし》すみれさん」と、マモちゃんは私に言い、

「こちらは山田テルコさん」と、髪の長い女に言う。

こんばんは、はじめまして、とたがいに言い合って私たちは無言でビールを飲む。名字が塚越、ということは、姉でも妹でもない。

「旧姓が塚越さん？　それとも塚越さんに変わられた？」

念のため私は訊いてみた。

「は？」すみれさんは一瞬理解不能という顔をしたが、「やだ、私未婚。これでも」言って笑った。結婚した実の姉でもマモ兄の嫁でもないらしい。だいたい、マモちゃんとは顔がまるきり似ていない。

座る位置がおかしい。マモちゃんと塚越すみれさんが隣同士で、その向かいに私。これではまるで、一対の恋人とその友人という関係（もちろん私は友人役）みたいではないか。私が遅れてきたのだからしかたがないとしても。

「すみれさんて、すてきなお名前ですね」

だれも何も言わないから私が言う。本当のことだ。なんで私はテルコなんて地味な名前なんだろう。

「あはは」煙草を吸いながらすみれさんは大口を開けて笑う。煙が私の顔にかかる。「あのね、サリーちゃんって知ってる？　アニメ」身をのりだしてため口をきく。うなずくと、「あれに、すみれちゃんて女の子が出てくんの知ってる？」

間近で見るすみれさんは肌がつるんとしている。そばかすがある。化粧をしていない。

煙草はマイルドセブン。

「うちのママのあこがれキャラが、それ」

すみれさんは言って、ぎゃははははとのけぞって笑う。右の奥歯のほとんどが銀歯だ。

舌の付け根が白っぽいのは、胃が荒れているのだろう。

「じゃあさ、もしさ、ママのあこがれキャラがサザエさんに出てくるおかあさんだったら、あんたフネなわけ？」

マモちゃんが言う。

「そーそー、そう言うけどマジよ、それ」

「じゃああんたのこと、おれフネって呼ぼう」

店員が注文をとりにきて、私たち三人はテーブルに広げたメニュウに目を落とし、次々と品名を言い合う。比内鶏《ひないどり》のもも肉のテリーヌ。九条《くじよう》ネギのとろろ焼き。本マグロ中トロのづけ焼き。生湯葉のあんかけ。温野菜のサラダ。生ガキひとりふたつずつ。すみれさんはアディダスのジャージを着ている。どぎつい黄緑色で、ずいぶんちいさいサイズだから、きっと古着だろう。かなり悪趣味なレースつきラッパジーンズをはいて、続けざまに煙草を吸い、すみれさんは笑っている。

「すみれさんて何をやってるんですか」

私は訊《き》く。お願いだから、いとこをたよって東京見物にきた、とか、今月末に受験があって、とか言ってくれ。心底願うが、しかしすみれさんは答える。

「何、ってほどのこともないよ。塾で事務」

「え？　塾で？　じゃあふたりはどうして知り合いなの？」

訊くと、マモちゃんとすみれさんは顔を見合わせ、

「それが去年の暮れ？　あれ、十一月だっけ？」すみれさんが言うと、

「十一月」マモちゃんがそれを受けて答え、

「合コンやったの、笑っちゃうでしょ。合コンなんて今さらねえ。でもさ、まりぶーが、あっ、まりぶーってあたしの塾の元生徒、メンツ足りないからきてっつーんであたしも参加して、そこで」すみれさんは言葉を切ってマモちゃんを見、

「おれは編集部のバイトになかば無理矢理連れてかれたんだけど、その会さあ、若いやつばっかで、平均年齢たぶん二十歳か二十一くらいで、おれとかマジで浮いちゃって。そんで、だれも相手にしてくんねえの」マモちゃんは言い、ビールの追加を頼む。

「ひどいでしょー？　あ、私、今二十九歳で、今月末に三十になんのね、だからその会では最年長。田中くんがいなかったらマジきつかったな、あれ。まりぶーとか私のこと無視だもん、ね？」すみれさんはマモちゃんを見据えて言い、そのとき店員が生ガキと湯葉を運んできて、三人ともふと黙る。

「わあおいしそう、いただきまーす」

すみれさんは甲高い声で言い、てきぱきと皿を分け、生ガキにレモンを垂らし、食べは

じめる。田中くん、と、すみれさんの言いかたを心のなかでまねる。続けて、すみれさん、と、マモちゃんの言いかたをまねる。何もわからない。それで、ふたりはなんなのだろう？　姉でも妹でもなく、いとこでもなく恩師の娘でもないのだとしたら。

「うう、湯葉んめーえ」マモちゃんが言う。

「まじまじ？　じゃあ私もいただきまーす」火のついた煙草を左手にはさんだまま、すみれさんは箸《はし》をのばす。

私はジョッキに半分残っていたビールを飲み干して、マグロを運んできた店員に日本酒をたのむ。

「きゃー、ちょっとこの中トロ！　食べてみ！　泣くよ」すみれさんは顔を近づけて私に言い、

「まじっすか？　じゃあいただきまーす」マモちゃんが言ってマグロに箸をつける。「ぐわあ、うめえー」

比内鶏が運ばれてきて、とろろ焼きが運ばれてきて、温野菜が運ばれてきて、ご注文の品はお揃いですね？　と、店員が訊いて去っていく。

私は笑顔をはりつけてマモちゃんとすみれさんを交互に見ながら、わき出る質問をぐっとこらえている。その合コンのあとで酔っぱらってキスをした？　手をつないで夜中の町

を歩いた？　顔を近づけて子どもみたいに尽きない話をして笑い合った？　はじめて会った私とマモちゃんみたいに？

「えーと、それでさ」わきあがる質問を日本酒とともに飲みこみ、さりげなさを装って私は訊く。「それで、なんで私はここに呼ばれたんだっけ？」

すみれさんが顔をあげ、この人何言ってんの、というような表情で私を見る。私は彼女と目を合わせず、マモちゃんに笑いかける。

「べつに、意味ないけど。ひさしぶりだし、いっしょに飲もうって思っただけだけど、迷惑だった？」

マモちゃんは早口で言い、店員を呼びビールのおかわりをたのむ。

「迷惑じゃないけど」

反射的に私は答えている。

「飲み友達の輪…って、古い、私？」すみれさんは言ってぎゃはははとまた大口を開けて笑い、「飲み同盟つくろうって盛り上がったんだよ、私たち。だってね、結局、何かあったときたすけてくれるのって飲み友達だよ？　そう思わない？　恋人なんて、わかれたらただのつまんねえ男だし、仕事場の子とか、仕事場の子、ってだけだし、昔の同級生とかそんなのも、昔の知り合いってだけじゃん？　いざというときはやっぱ、飲み同盟よ」

私をのぞきこんで言う。

「またあんた、文脈めちゃくちゃなんですけど。もう酔ってんの？」

マモちゃんは笑ってすみれさんの頭を小突く。

目が大きいからなんとなくきれいなように見えるけれど、けっして美人に分類されるタイプじゃない。全体的にアンバランスだ。唇が分厚くていやらしいのに、鼻が細くて華奢《きゃしゃ》な印象を与え、額が広くてあごがちいさくとがっている。化粧はしておらず、なのに唇だけ橙色《だいだいいろ》に塗り、さらにグロスまでていねいに重ねてあるのもまたアンバランス。

私は目の前の女を観察する。こきおろせる隙をたくさん見つける。実際たくさん見つかる。爪にマニキュアのかすがこびりついて残っている。長い髪の毛先は枝毛だらけ。そばかすも多すぎる。けれど、そんなものをいくつあげつらってみても、私は落ち着かない。愉快な気分になれない。

「ね、テルっちは何をしてる人なの？」

すみれさんはテーブルに身を乗りだし、私の目前まで顔を近づけて訊く。橙色の唇がてらてらと光る。

「あはは、今私無職でねー」

私は一生懸命に笑う。案外かんたんなことだ。

十一時をすぎたあたりで店を出た。もう一軒いくのか、帰るのか、帰るとしたらすみれさんとマモちゃんはいっしょに帰るのか、できるならそんな現場は目撃したくない、と、まったく酔えない頭でせわしなく考えていると、すみれさんは手をふりながらあとずさり、

「じゃ、私タクシーで帰るから。さようならー」

素っ気なく言って、駅前の、電飾看板の光がはじけあう夜のなか、どこへ向かってか、走って遠ざかる。

「じゃあ、おれもここで」

マモちゃんが私の隣で言う。

「えーと、あの人、恋人？」思いきって私は訊いてみる。「恋人を紹介する会だったの？ひょっとして」冗談めかして言って、さらに笑ってみる。「恋人ができたからもう電話すんなって感じ？」

「そんなこと言ってないじゃん」

マモちゃんはうんざりしたような声で言う。私はそっとマモちゃんを盗み見る。

「おれさあ、山田さんのそういうとこ、ちょっと苦手」すみれさんの去った方向を怒ったような顔で見やり、マモちゃんは続ける。「そういう、五周くらい先まわりしてへんに気、つかうとこっていうか。逆自意識過剰っていうか」

「ごめん」私は言う。逆自意識過剰。

「すみれさんを見習いな、あのがさつ女。あいつ全然気とかつかわねえもんな。こっちもそのほうが楽だよ」

マモちゃんは笑って言う。私も笑おうと口を開くが、白い息が漏れるだけだ。

「じゃ、またな」

マモちゃんは嚙《か》んだガムを道ばたに捨てるようにそう言って、改札口へと走っていく。私も向かう先は改札口なのだが、私といっしょじゃいやなのだろうとその場でマモちゃんのうしろ姿を見送り、これもまた五周先まわりの逆自意識かとはたと思い、ならばといっしょに帰ろうとマモちゃんを追いかけようとし、しかしそういうあれこれを考える自分にほとほと嫌気がさして、結局そこから動けずにいた。

マモちゃんの姿がすっかり見えなくなってから、のろのろと改札に向かい、券売機に並ぶ列の最後尾について、切符を買い、足を引きずるようにして階段を上がる。電車を一台見送って、空いたパイプ状のベンチに腰かけ、切符に書かれた四つの数字を足したり引いたりしながら、塚越すみれのことを考える。

もうすぐ三十歳なんてばばあだ。ばばあのくせに「ママ」だって。笑いかたに品がなさすぎる。四時間のあいだに煙草を二箱半は多いんじゃないか。息もくさいし。ざっくばらんな、飾り気のない女になりきろうとしているのはわかるけれど、初対面の私にさえ嫌われまいとおどおどしているのがみえみえだ。三十歳でレースつきジーンズはないだろう。それに、マニキュアはきちんと除光液で落としたほうがいいと思うけれど。

私は顔をあげ大きく息を吸い、吐く。ホームの屋根とビルに区切られた、ひしゃげた四角の夜空が見える。黄色と紫のまじった夜空。

除光液をつかわない女の風呂場《ふろば》なんかきっと黴《か》びている。洗濯ものはきっと二日三日は干しっぱなしで、とりこんでも畳まず、山をつくっているにちがいない。冷蔵庫なんかきっと腐った野菜の展覧室だ。玄関にはゴミが散乱しがらくたが積み上げられ、風水の専門家が見たら「運気が下がる最悪な玄関の見本」だと絶賛するだろう。

電車がやってくる。私は立ち上がり、多くの女や男たちといっしょに押し合いへし合いして混んだ車内に自分を押しこむ。塚越すみれ。下着はよれよれで、内臓は荒れていて、癌細胞が胃にちいさな巣をつくりはじめ、便秘気味で、夜中に乾燥した背中がかゆくて幾度か目を覚ますにちがいない。つとめている塾でも失敗ばかりして、「へんな恰好《かっこう》の女」と上司から疎んじられているだろう。観葉植物は買ってもすぐ枯らしてしまい、ベランダにその残骸《ざんがい》が並べられているはずだ。春先にはきっと冬を越えたゴキブリの卵がかえる。

私はそのすべての不幸を想像してみる。混んだ車内で香水のにおいがきつい女とアルコールくさい中年男に両側からぐいぐい押されて、私は目を閉じ、すべての不幸の渦中にいる塚越すみれを思い浮かべ、ざまあみろとつぶやいてみるが、しかしつぶやいたとたん、気づいてしまう。そんなの全然不幸じゃない。あんたのことが苦手だと、マモちゃんに直接言われることに比べたら、百の不幸なんか無にひとしいと、そんなことに気づいてしまう。

山田テルコ二十八歳、自尊心というものを道ばたに投げ捨てて唾をかけてみる

失業給付金を、もらうことができなかった。私は収入のまったくない、ただの失業者になってしまった。

台所の窓から隣家の庭が見おろせる。わりあい広い庭で、松だの桜だのが無造作に植えられていて、今は梅の花が咲いている。台所の窓を細く開けて私はそれを見おろし、ため息をつく。

まるで列に横入りしてきた性悪婆みたいに、塚越すみれは私の人生に突如乱入してきて、彼女に会った明くる日が面接日であったのを、動揺しすぎた私はすっかり忘れていたのだった。いや、まんがいち覚えていたって、起きられたかどうかわからない。恵比寿の三人会合から数日、頭が割れるように痛んで私はほとんど寝たきりで過ごさなければならなか

った。

ベッドのなかで、私は自分が塚越すみれでないことを悔やんだ。悔やむ、というのはおかしい表現ではあるが、しかし私は塚越すみれに生まれるべきだったとくりかえし思っていた。

失業給付金がもらえない、と気づいたのち、このままではいけない、仕事を捜しにいこう、就職・アルバイト情報誌を買いにいこうと幾度も思いたち、ベッドから抜け出て顔を洗い、パジャマと化しているトレーナーとジャージ姿でクロゼットを開ける。するとたんにやる気が萎《な》える。

クロゼットのなかから塚越すみれが顔を出してにやにやする。洗面所にいけば鏡には塚越すみれが映る。私を見習えってよ、と私にささやいて笑う。あの日から、塚越すみれの亡霊はこの部屋に住み着いて、そうやって顔を出しては私からすべてのやる気を奪う。やる気だけじゃない、行動力も何かをする動機も、ちっぽけな自信さえも根こそぎ奪う。

「うはっ、すごい、かたづけられない女がここにいる！」

玄関先に立ち、葉子は大げさに声をあげてしげしげと部屋を見まわす。たしかに部屋はひどいありさまだ。四畳半の台所には、東京都指定の半透明ゴミ袋が四つほどリノリウムの床に放置され、シンクにはコンビニ弁当とカップラーメンの空き容器が山積みになっている。台所から続く八畳の居間兼寝室はもっとひどくて、とりこんだ洗濯ものがあちこちで小山をつくり、その合間には脱ぎ捨てた服と下着がからまりあい、雑誌やＣＤケースが散乱している。玄関からは見えないだろうが風呂場は黴びているし、トイレの床には埃《ほこり》と陰毛が渦を巻いている。

「テレビ呼んで取材してもらう？　夕方の特集コーナーでとりあげてくれるよ、しかもうまくすれば、便利屋さんがきれいにしてくれるかも。っつーか、ここ、靴はいたまま入っていい？」

葉子は玄関に突っ立ったまま言いつのる。最近連絡ないけど何してんの、と葉子から電話があったとき、風邪をひいて寝こんでいるととっさに嘘をついた。まさかくるとは思っていなかったが、実際葉子はそこに立っている。

「あーもう、うるさいなあ。靴は脱いであがってよ。風邪ひいて動けなかったんだからしょうがないんだよ」

「風邪って感じじゃないんですけど。テルちゃん血色いいし。このすさみ具合はあれだね？　あのおれさま男に本格的にふられたね？」

葉子は言いながら、おそるおそる部屋に入ってくる。両手にスーパーのビニール袋をさげている。

「何よそれ。なんで男にふられたら部屋がすさまなきゃなんないの」

手渡された中身の袋を検分しながら私は冷蔵庫に入れていく。ビールと烏龍茶《ウーロンちゃ》、冷凍鍋《なべ》焼きうどんに冷凍のそばめし。抹茶アイスクリームと柚《ゆず》のシャーベット。ビタミン剤と風邪薬。少しは私の嘘を信じてくれていたらしい。

「私さあ、テルちゃんとつきあってそろそろ十年になるでしょ。だんだんわかってきたの。テルちゃんてさあ、風邪ひいたり失業したり、もっと大げさに言えば、火事にあったり泥棒に入られたりしてもきっと動じないけど、色恋沙汰《ざた》だと腕に蝿がとまったってくらいでぎゃあぎゃあ騒ぐんだよね」

もうひとつの袋からは、レモンと葱《ねぎ》、日本酒、納豆とキムチ、アーモンドチョコレートが出てくる。

「もし今大地震があってこのアパート崩壊しても、テルちゃんは平気なんだろうなあ。恋するホームレス」

「マモちゃんに、女を紹介された」

冷蔵庫の扉の前にしゃがみこんだまま、あふれでる冷気を浴びて私はつぶやく。

「はあー、女あ?」

台所に落ちていた靴下をつまみ上げながら葉子は甲高い声を出す。

「たぶんあの人のことを、マモちゃんは好きなんだろう。そんで、そう私に宣言したかったんだろう」

「テルちゃん、電気代もったいない」

葉子は私の背後から手を伸ばし、冷蔵庫の戸を思いきり閉める。しばらく無言で私のうしろに立っていたが、ふたたび冷蔵庫を開け葉子はビールを一本とりだし、プルトップを引く。

「私、そういうのって本当にむかつく。軽蔑《けいべつ》しちゃう」

葉子は言う。私もビールを取り出して、台所の窓から外を眺めて飲む。軽蔑されるのは、マモちゃんか、私か。

「テルちゃん、知ってたっけ？　うちのおかあさん、未婚のまま私を産んだって。今はそんなのめずらしくないし、未婚のまま子どもを産むって、積極的な意志のある勇敢な行為だけどさ、あの人の時代はそんなことない、意志も選択もない、消去法で残された最悪の結果だったんだよ」

葉子は平たんな口調で言いながら八畳間へいき、ぺたりと座って洗濯ものを畳みはじめる。薄いブルーの空にはりめぐらされた電線を目で追いながら私は葉子の声を聞く。

「死語なのかもしんないけどうちのおかあさんは典型的な妾《めかけ》でさあ。おうちも用意してもらって、生活費ももらって、そんでずっと家にいて、いつ男がきてもいいように家のなかをきちんとしてたのね。私はそれが普通だと思って育ったけど、大きくなって旅行したとき、旅館っていうとこがうちに似ててびっくりしちゃった」

隣家の主婦が出てきて、並んだ三台の自転車を利用して座布団を干している。煎餅《せんべい》色の犬が尻尾《しっぽ》をふってそれを見ている。

「ごはんは何品も用意されて、冷たいものは冷たいお皿、あたたかいものはあたたかいお皿、最初は冷えたグラスでおビール、そのあと日本酒かワイン、最後はお新香に炊きたてのごはんでしょ。ふかふかのタオルと糊付《のりづ》けされた浴衣《ゆかた》があってさ、お風呂《ふろ》から出るとお布団敷いてあんのよね。シーツも布団カバーもぱりっぱりに糊付けされてる布団。煙草はつねに買い置きがあって、吸い殻が一個あるだけで灰皿交換してくれて、フロントにいえばすぐにタクシーがきてさ。うち、ずっとそんなだったもん。男がきてもこなくても。だれも吸わない煙草があって、だれも飲まないおビールがダースであって、おかあさんは毎日シーツに糊付けしてる。ねえ、そんなの、ばっかみたいだと思わない？　私はおかあさんのことが大嫌いだった。旅館みたいな快適さを提供してまで会いにきてもらいたいって思うなんて、みじめだと思ってた」

サドルやハンドルや車輪の上に点々と置かれた座布団は朱色で、なんだかお祭りのための特殊な飾りみたいに見える。ビールのせいでずいぶん肌寒く感じられる。

「でも最近は、ちょっとわかってきたんだけど。あの人はそういうふうにしかできなかったんだって。お勤めなんかもできなかっただろうしさあ、家庭のある人に家庭を捨てさせることもできなくて、かといって、普通の恋愛もできなかったんだなあって。そう思ったら、嫌うのも気の毒になっちゃってさ」

ちらりと葉子を見ると、洗濯ものはあらかた畳んでしまっていて、今度は雑誌を拾い集めている。はじめて聞く話だった。私はずっと、葉子の父親は葉子の幼少期に亡くなっているんだと思っていた。葉子はありふれた平和な家庭のひとり娘だと思っていた。

「でも私が許せないのは、そういうことを平気でできる男だよ。生活費を出してるんだから当然だって顔で人んちにのこのこあがりこんできて、奉仕されることも当たりまえになっちゃって、そういうやつって天井知らずでつけあがっていくからさあ、自分の子どもの運動会の写真とか、そいつ平気で見せたりしてて、この男脳挫傷《のうざしょう》？　って昔私まじで疑ったよ。そいつが死んだときは私うれしくってさあ、お葬式は出られなかったけど、べつの日にひとりで墓場いって唾《つば》ひっかけてきたんだ。本当はげろをぶちまけたかったんだけど、出なくて」

葉子の声を聞きながら、蛇口をひねり汚れた食器を洗っていく。水がぴりぴりと冷たい。

「あんたのおれさま男の話聞いてると、あいつを思い出してむかつくんだよ。何をえらそうに人を呼びだして、とか、何を勘違いしてほかの女連れてきて、とか思うわけ。しかもあのパーティのときのあいつでしょ？　ちびっこい、ガリで地味な顔立ちの、チンコちっちゃそうな男でしょ？」

「チンコは関係ないじゃん」さすがにその発言にはむっとして私は口を挟んだ。

「エッチ下手そうな男でしょ？」

「エッチも関係ないじゃんか」

「前戯ねちっこそうな」

「もういいって」言って、思わず私はふきだしてしまう。両手に雑誌を手にした葉子も八畳間の真ん中に仁王立ちして笑い出す。

「ぎゃー、否定しないってことはほんとなのね、前戯ねちっこくてエッチ下手でチンコちっこいのね、そんな男にふりまわされてんのね、テルちゃんは！　ぎゃははは！」

「もうー、そんなこと言ってないでしょ、チンコだのなんだの葉子ちゃんは下品なんだよ！　掃除してくれるんならつまんないこと言ってないでちゃっちゃとやってよ！」

私は濡《ぬ》れた手で葉子が畳んだばかりの洗濯ものをつかみ、投げつける。そうしながらどうしようもなく笑えてくる。葉子は脱ぎ捨てられた私の衣類を投げて応戦する。

「いやーん、不潔にしてるからなんかこのシャツとかくさい！　体育系の部室のにおいがする！　野獣コロンッ」

「くさくないよっ、そんなこというとゴミ袋開けてにおい嗅《か》がすぞコラ」

私たちは手当たり次第にものを投げ合い、散らかった部屋に転げまわって意味もなく笑い続ける。

もう日暮れどきなのか、部屋には金色の光が射しこんでいる。さんざん部屋を散らかしたあと、私たちはつまらないことを言い合って笑いながら、しぶしぶ部屋をかたづけていく。空き瓶は空き瓶でまとめ、シンクに積まれた空き容器を洗ってゴミ袋にまとめ、雑誌はまとめて紐《ひも》をかけ、洗濯ものは畳んで定位置にしまう。できるならば部屋がずっとかたづかなければいい、とふと思う。シンクからは延々と汚れた皿が出てくればいいし、こすってもこすっても風呂場《ふろば》の黴《かび》がとれなければいい。そうすれば葉子はずっとここにいて、悪態をつきながら、ときおり笑い出しながら、私は塚越すみれではなくただの私で、ただの私は私のままで塚越すみれ以下にはならないと、伝え続けてくれる。マモちゃんと私の関係がどのように不自然にねじくれているのかもきちんと理解させてくれ、ああ、たしかにマモちゃんのやっていることはえらそうだし勘違いだと思わせてくれる。

五時を過ぎ、部屋は悲鳴をあげているようなどぎつい金色に染まり、それをピークに、徐々に青く薄暗くなってくる。七時すぎに掃除は終わり、ビールを買い足してくると言って葉子が部屋を出ていくと、整理整頓《せいとん》されたきれいな部屋の真ん中で私は、自分が塚越すみれでないことをもうのろわしく思いはじめている。

伊勢丹《いせたん》の地下にさ、あたらしいチョコレート屋ができたんだ、と、受話器をとおしてマモちゃんの声は言う。フランスだかイタリアだかの有名なチョコレート屋で、一個っつ選んで買うらしいんだ。すげえ人気で、並ぶかもしんないんだけど。

携帯に電話がかかってきたとき、スポーツクラブ受付募集の面接にいくために私はJRに乗っており、東中野のホームにあわてて降りて通話ボタンを押した。しかし受話器から聞こえるマモちゃんの声が何について話しているのかわからない。

「うん、それで?」電車が走り出し、私は声を大きくして訊《き》く。

「買ってきてほしいんだ、予算は三千円くらいで。適当なの選んでさ、箱入りで。プレゼント用で」

「え?」まだ話がよく飲みこめない。

「いや、前さ、山田さん仕事なくてひまだから、なんかあったらたのんでって言ってたじゃん? それで電話してみたんだけど、忙しかった?」

「あ、ああ、ああ全然。全然、ちっとも忙しくない」私は言う。

「じゃ、たのんでいいかな。伊勢丹の地下にある店なんだ。店の名前忘れちゃったけど、でもチョコの専門店ですげえ洒落《しゃれ》たとこだからすぐわかるよ」

「予算は三千円で、リボンかけてもらえばいいのね？」私はくりかえす。

「そうなのっす」

「熨斗《のし》は？」

「は？　熨斗なんかいらないよ。おもしろいこと言うね、山田さん、あいかわらず」

「私、今たまたま東中野にいるからちょうどいいっすよ。買って、それでどうしようか。届ける？　飯田橋に」

「そうしてもらえると超助かる。近くきたら電話ちょうだい？　わりいね、今度おごるっすよ」

　マモちゃんは言って電話を切る。私も電話を切り、目の前の光景をぼんやり眺める。晴れていて、少しばかり春のにおいのする風が吹いている。植え込みには鮮やかな黄色の菜の花が揺れている。電車が走りこんできて乗客を降ろし、また去っていく。母親がしゃがみこんでちいさな子どもの上着をなおしてやっている。ゆるゆると時計を見上げると、次の電車に乗っていけば面接には五分程度の遅刻ですむ。面接のために私はきちんと化粧をしている。ギャルソンのスーツを着ている。ピアスはプラチナだし、ゆうべは念入りにパックした。なんてすばらしいタイミングだろう。

次の電車に乗りこみ、予算三千円、箱入りで、リボンつき、熨斗はなし、とくりかえす。車窓から霞《かす》んだ新宿の高層ビル群があらわれるころ、私は重大なことに気づいている。

葉子と部屋の掃除をした日以来、幾ばくか人間らしい心持ちを取り戻した私は、気分もあらたに仕事捜しをはじめていた。昨日はショールームスタッフの面接にいったし（その場で不採用が決定されたが）、今日はスポーツジム受付だし、明日はテレホンアポインターとデパート販売スタッフだし、あさっては英語教材会社の事務、そのどれもが正規社員の面接である。しかし、どれかに合格して正規社員として働きはじめたら、今のようなマモちゃんからの用件はきいてあげられなくなってしまう。就業中に新宿のチョコ屋にチョコを買いにいくことは不可能ではないだろうが、それではグローバルサービスの二の舞である。私もそこまで阿呆《あほう》ではない。

やめよう。電車が新宿にすべりこみ、私は強く決意する。職捜しなんかやめちまおう。社員になるのなんかやめちまおう。降りる人より先に乗りこもうとする乗客を私は腹でぐいぐい押しだして電車を降り、歩く人もまばらな昼間の新宿駅ホームを、ヒールの音を響かせて歩く。

そうしたら、いつだってこういう電話を受けられる。マモちゃんの用事を代行できる。マモちゃんの抱えるかもしれないトラブルを解消できる。マモちゃんは助かるし、私はマモちゃんに会える。

チョコを買って飯田橋に降り立ったのは四時過ぎだったが、もう少し待てば、マモちゃんが仕事を終えて約束どおりごはんをごちそうしてくれるかもしれない、と計算し、私はまた坂をあがったり下りたりして時間をつぶし、五時半を過ぎてからマモちゃんに電話を入れた。

ペコちゃんの前で待ってて、すぐいく。マモちゃんはそう言って電話を切り、不二家の店先に立っていると、本当に数分で本人があらわれた。以前会ったときより髪が少し伸びている。ボタンダウンのシャツを着ている。

「寒くないの、そんな薄着で」言いかけると、

「サンキュー、すげえ助かった。ほんじゃ、今度マジおごるから」マモちゃんは私から包みを受け取り、その場を去ろうとする。

「えっあのっ」数歩追いかけるとマモちゃんはふりかえり、

「あ、金！」言ってジーンズのポケットをさぐっている。「やべ、ジャケットに入れたまんまだ、わりい、今度おごるとき返す！　レシートとっといて！」

矢継ぎ早に言って、坂を駆け上がっていってしまう。不二家の店頭で、頭の大きな人形が慰めるような笑顔で私に笑いかけている。今日はホワイトデーだと、その人形の腹に貼ってあるポスターが告げている。男性のみなさま、バレンタインのお返しを忘れていませんか？　と、へたくそな手書きの文字で書いてある。

今日はホワイトデーであるのか。駅へと向かって歩きながら私は心の内でつぶやいてみる。私が並んで買ったチョコレート、何かのお礼に塚越すみれの手に渡るのだったらものすごくいやだな、と思い、続けて、でもきっとそうなんだろう、と変な具合に納得している自分に気づく。

時間に融通がきくこと。呼び出されたらいつでも出ていけて、徹夜したら少しくらい寝坊ができて、突然（好きな男と動物園にいくことになって）欠勤してもさほど支障が出ない。つまり、最優先事項を実際最優先にできること。それだけの条件を満たすアルバイトを捜して町を歩く。自分のアパートから徒歩圏内がいい。何かあればすっ飛んで家に帰って身支度ができるし、遅刻もうんと減るだろう。それで、アパートのある西荻窪界隈《にしおぎくぼかいわい》を歩いて求人広告を捜すことにした。

私は毎朝午前中に家を出て、西荻窪の町をふらつき、そのまま東を目指して荻窪へいったり、西へ歩いて吉祥寺《きちじょうじ》にいったりした。荻窪にも吉祥寺にも駅ビルがあり、ラブホテルがあり、パチンコ屋とゲームセンターがあり、ボーリング場も、サウナも、漫画喫茶も、ひととおりそろっていて、そんな娯楽施設を見て歩く。

世のなかは春みたいだった。私のなかで時間は、初冬のあたりでとまっている。マモちゃんと毎日会って酒を飲み、尽きないおしゃべりと性交をし、ぴったりくっついて眠り、会社をさぼって動物園にいった、秋の終わりの数日に未《いま》だ私はとどまっている。しかし世のなかは確実に春だった。花屋には色とりどりの花が並んで、空気はぬるりとあたたかく、ある人々は頑丈なマスクで花粉を防ぎ、ある人々は浮き足だって歩いている。季節はもう春なのだと、こんなふうに無理矢理実感させられると、なんだか不当に傷つけられた気分だった。

最優先事項を最優先にできるということしか仕事にもとめない、ということは、思ったより覚悟のいることだと、求人広告を捜して町を徘徊《はいかい》しながら気づいた。今までだって私はずいぶん仕事を軽んじてきたし、実際、マモちゃんに合わせて遅刻も欠勤も早退も厭《いと》わなかったわけだが、それでも、それはただの結果で、仕事は確実に仕事だった。しかし私は今、生活していくのに最低限の金を得られる場所だけを捜しているのであって、仕事を捜しているわけではない。

幼稚園の先生になりたいという作文を書いていた十歳の私に、「十八年後のあんたは無職で、しかも、仕事ではなく、男に費やす時間が得られやすいアルバイトを捜しているんだよ」と教えてあげたら、彼女はどんな顔をするんだろう。そうして男に費やす時間をつくっても、彼が連絡をよこさなくなれば、私のしているいっさいに意味もなくなる。

そんなことを考えて、自分のなかに、自尊心らしきものが未だにきちんと存在することに驚いた。そして、その自尊心すら不必要だと思おうとしていることに、さらに驚いた。

歩き疲れると私は、駅へ続く階段や、自転車進入を防ぐ鉄柵《てっさく》や、ビルにはさまれたちいさな公園のベンチに座って、道ゆく人を眺めた。みんな目的がありそうに思えた。仕事も自尊心もきちんと持っていて、十歳のときに思い描いたとおりの大人として、どこかを目指して歩いているように見えた。

見上げると薄青い、かすんだ春の空が広がっている。

噛ませ犬、当て馬……言いかたは忘れちゃったけれど、つまりそんなようなものである

吉祥寺と西荻窪の中間あたり、住宅街の真ん中にぽつんと佇《たたず》むその健康ランドは、元々ごくふつうの銭湯だったらしい。客足が途絶えはじめた十数年前、三階建ての健康ランドとして新装開店を試み、今のところそれは成功しているらしかった。老年にさしかかった経営主は、面接の席で私についてはほとんど何も訊《き》かず、そんな話ばかりをくりかえしていた。荻窪駅前のバッティングセンター、西荻窪のゲームセンターと漫画喫茶、住宅街の真ん中の健康ランド、四箇所にアルバイトを申しこみ、私が働くことを許されたのはこの健康ランドのみだった。

男女別に数種の風呂《ふろ》、サウナと水風呂があり、マッサージルームがあり、大型テレビの据えられた休憩所があり、ビールと簡単なつまみの食べられる座敷がある。午前十時から

翌朝二時までの営業で、アルバイトは早番、中番、遅番のうち、好きな時間帯を選ぶことができる。

平日の早番（午前十時から午後四時）をえらんで働きはじめた。私にあてがわれた仕事内容は、脱衣所まわりの整理と、風呂場の掃除だった。おびただしい数のタオルをまとめて洗濯室へ運び、ブラシや剃刀《かみそり》、化粧水やコットンをこまめに補充し、客の少ない時を見はからって風呂場を掃除し、シャンプーやリンスをつぎ足してまわる。楽そうだったが、実際に動いてみると数分で汗だくになった。

人と接することが少ないことに安堵《あんど》していた。私に仕事を教えてくれたのは蒔田《まきた》さんという、ぷくりと太った、話しかたのおだやかな女の人で、彼女と私は働く時間帯がほとんどいつもいっしょだったから、手が空けば話をするが、手が空くこと自体あまりない。

離婚をしてふたりの子どもを育てているのだと蒔田さんは言っていた。上が十歳で下が八歳、どちらも男の子らしい。養育費を払うことが条件だったのに、元夫が振り込んでくれたのはわかれた直後の三ヶ月だけ、それきり何もない。しかるべきところに訴えれば少しでももらうことができるのかもしれないけど、そんなことまでしてと思ってしまう。だいたい、しょっちゅう金のない男だったし、定職がないのよ、信じられる？　信じられないわよね、あたしだって未だに信じられないわ、なんでそんな男と結婚して子まで成したのか。と、蒔田さんはシャンプーを詰め替えながら話し、笑った。

蒔田さんは私のことを若者全般のひとりと見なしていて、二十八歳だろうが十八歳だろうが同じ、単に社会性のない気楽なフリーターだと思っている。その思いこみは、私をひどく楽にした。

風呂場の窓はすべて磨りガラスで、外側から人工的に照らされており、朝も夕方も同じように白々と明るい。私は支給される奇妙な服（甚平みたいな上っ張りと半ズボンの組み合わせ）で一日じゅう汗をかいており、内側にいると季節も時間もわからなくなる。

人と煮詰まった関係を持つのが、嫌なんだってさ。と、数日前マモちゃんは言っていた。すみれさんのことだ。

深夜にマモちゃんから電話があり、呼び出された飲み屋にフルスピードで向かった。マモちゃんはひとりで飲んでいて、ずいぶん酔っぱらっていた。ついさっきまですみれさんと飲んでいたのだが、眠たいと言って彼女は帰ってしまったらしい。カウンターの隣に座る私をちらりとも見ず、ろれつのまわらない口調でそう言い、「わかる、そういうの？」と私に訊いた。私はどうやら、世界で一番好きな男に恋愛相談を持ちかけられているらしかった。

「全然わかんない」私は言った。もしわかっていたら私が煮詰めない関係とやらをとっくに実行している。

「そうだよねえ」マモちゃんは弱々しく言って、コップに入った透明の液体を飲んだ。

「マモちゃんがそういう人だと思ってたよ」店じゅうをゆっくり水で浸していくような、しんみりとした演歌が流れる居酒屋で私は思ったことをそのまま口にした。「人と煮詰まるのが嫌な人だって」

「おれも」

マモちゃんは言ってちらりと私を見、「おれも、自分はそういう種類の人間だと今までずっと思ってた」そうつけたして、困ったように笑った。

放っておくと自然に浮かんでくる、あのときのマモちゃんの笑い顔は、熱心にタイルを磨いていると少しずつ遠のいていく。脱衣所の濡《ぬ》れた床をモップで拭《ふ》き、洗面台をぴかぴかに磨き上げていくと、それは昼間の空にはりついた月ほどの淡さになる。

専用の甚平に私はポケットを縫いつけて、いつもそこに携帯電話を入れている。ときおり周囲にだれもいなくなると、私はそれをとりだし着信履歴を調べる。それは癖になってしまっていて、恋愛相談をされたのちもやめることができない。一日に五回、神に祈る人々がいると聞いたことがあるけれど、彼らの気持ちが理解できる気がする。

四時にアルバイトを終え、店を出て蒔田さんと手をふりあってわかれたところで、携帯電話が鳴った。ディスプレイを見ると見覚えのない番号が点滅している。

「テルちゃん、私、私」電話の向こうではしゃいだ声が言う。「私、すみれだよ」

「ああ、すみれさん」

私はわくわくした声を出している。すみれさんの声の向こうにマモちゃんの影を見ているのだ。

「何、どうしたの」

住宅街はしんとしずまりかえっている。私の淡い影が道路にぺたりとはりついている。

「ねえねえ、今日ひま？　ひまだったら、うちこない？　私、あと一時間で仕事終えて家帰んだけど、今日の夜うちで飲み会するって急遽《きゅうきょ》決まったからさあ、こない？　きて、手伝ってよ」

「うん、いいよ。私は今仕事終えたばっかだから、なんか買いものあったら買ってくし。場所はどこ？」

「えっ、ほんと？　うちね、中目黒。東口に降りてさあ、祐天寺《ゆうてんじ》方面に歩くんだけど……」

私はしゃがみこみ、すみれさんが早口でくりかえす説明を、手にしている紙袋に書きつけていく。紙袋には筑前煮《ちくぜんに》の入ったタッパーが入っている。野菜を全然食べていないと言ったら、蒔田さんがつくってきてくれたのだ。子供服店の紙袋に、東口、祐天寺、商店街直進、五十メートル信号、などと暗号のような文字を書き殴る。

「じゃあ買いものもたのんじゃうね。お金はあとでみんなで割るから。まずビールとワイン、それから鶏肉《とりにく》でしょ、あ、白身のお刺身も数種類あるといいな、それからサニーレタス、紫たまねぎと……」

紙袋をひっくりかえし、ビール、ワインとメモは続く。道ばたにしゃがみこむ私を無遠慮に眺めまわしながら、子どもを連れた若い女がゆっくり通りすぎていく。

中目黒に着いたときは日も暮れはじめていた。紙袋の暗号をたよりに、歩いたことのない町を大荷物で走りまわり、目的地のカーサビアンカ五号室にたどりついたときは、額から背中から脇の下から汗びっしょりだった。

「早かったねー、迷わなかった？　ここ、わかりにくいでしょう？」

玄関の戸を開けてくれたすみれさんはほがらかな声を出す。マモちゃんの姿を捜して、奥の部屋を不躾《ぶしつけ》にのぞきこみながら私は靴を脱ぐ。数人の笑い声が聞こえてくるが、マモちゃんのあの、くぐもった笑い声はそこにはない。

「あのねー、この子、テルちゃん、今健康ランドでバイトしてるんだって！　今度みんなで健康ランドツアーしようよ」すみれさんは言いながら私を奥の部屋に連れていく。玄関の奥に、台所とダイニングルームがある。三人の見知らぬ男女がテーブルに座って笑顔で私を迎え入れる。

「この人はナナちゃん」髪の毛をうんと短く刈り込んだ女の子を指し、「彼はキョウちゃん」金髪の男の子を指し、「それからこの人は龍平くん」髪の束があちこち飛んだような男の子を指してすみれさんは言い、空いた席に私を座らせる。彼らはしたしげな言葉で私に挨拶《あいさつ》し、私の目の前に置いてあったグラスにビールがなみなみつがれる。

「マモちゃんは？」

台所に立つすみれさんに買ってきたものを渡して訊《き》く。

「田中くんは呼んでないけど？」

すぐ答えが返ってきた。

「田中くんてだれー？」ナナちゃんが声をはりあげる。

「ほら、前言ったじゃん、合コンのときの。出版社の」

「あー、海老《えび》？」

「何よ海老って」

「海老みたいな人って言ってなかったっけ。ちっこくて猫背で安い海老フライみたいに細いって」

「トキワ亭の海老フライはぶっといもんな」

「げーあれ、千八百円すんだよ?」

手早く料理をしているすみれさんと、テーブルに着いている男女はみな大声でしゃべりあう。

カーサビアンカというすみれさんのアパートは、二階のあるテラスハウスで、ダイニングルームの向こうには庭があった。

「ねえねえ、ごはんできたから、上いってだらだらして食べよ、みんな一皿ずつ運んで二階へいって!」

すみれさんに号令をかけられ、私たちは言われるまま箸《はし》だの皿だの酒類だのを手に二階へ上がる。二階には廊下を挟んで和室と寝室があり、私たちは和室のテーブルに皿を並べていく。障子が閉まっていて、部屋にはテレビとステレオ以外の家具はなく、がらんとしている。旅館みたいな部屋だと思い、ふと葉子の言葉を思い出した。けれどこの部屋は、人を待ったりは決してしないのだろう。

私以外の三人は、しょっちゅうここへきているのだろう気安さで、座布団を出しCDをかけ、テーブルに箸を並べ皿を並べ、灰皿を持ってきて煙草に火をつけている。そうしているあいだにインターホンが鳴り、にぎやかな笑い声とともにどやどやと男女ふたりがあらわれて、私はまた彼らに紹介され、彼らを紹介される。

八時ごろには、すみれさんの和室は格安居酒屋とかわらない状況になった。煙草の煙が立ちこめて、しょう油や脂がテーブルに垂れて、音楽が騒々しく鳴り響き、それに負けない笑い声が部屋いっぱいに広がる。

ここにいる、という現実感が急速に失われていく。つじつまの合わない、けれど手触りだけがリアルな夢を見ている気分になる。並んだ料理を端から見ていく。鶏肉とカシューナッツの炒《いた》めもの。茸《きのこ》のマリネ。生春巻き。豆腐と根菜のダラタン。それから、タッパーに入った蒔田さんの筑前煮。料理に箸をのばし、口に入れ、おいしい、と思う。文字にして思う。どこか必死にそう思っている自分に気づきながらそうしている。

すみれさんは私の隣に座り、私の右腕にべたべたと触れながら声をはりあげている。ちょっと龍平、下いってビール持ってきて、あ、キノモトくん、その灰皿煙出てるから消して！　そんな具合に男たちをこき使い、そうしながら、酒を飲んだときの失敗談や電車で見た痴漢の話なんかを、くりかえしくりかえししては笑い転げる。

なんだっけ。なんでここにいるんだっけ。なんで私は笑っているんだっけ。

酔いのまわりはじめた頭で私は思う。それはとても馴染《なじ》みのある疑問である。馴染みのある違和感である。いつまでも私はこうしていることができる。笑ったり、叫んだり、要求されればおもしろい話のひとつやふたつくらいならできる。そんなこと、かんたんだ。やりなれている。ずっとそうだった。

「ちょっと、私、おしっこ」

私は立ち上がる。

「おしっこなんて言うなよー、女子なんだからー」

金髪の男の子が私を指して笑っている。

トイレの壁には隙間のないほどポストカードが貼ってあった。白い砂浜や、抱きあう恋人同士や、車に乗った犬や、極彩色の仏像や、どこか異国の町並みや。私はそれらを目で追いながら用を足し、携帯電話を操作する。

「何」

私とわかって出たのであろうぶっきらぼうさでマモちゃんは言い、

「今、すみれさんちにいるの」私は言う。

「え、マジ？　なんで」

「飲み会してる。マモちゃんも仕事が早く終わりそうだったらおいでよ。ここにきたことがある？　ないなら場所を説明するよ」

「え、何それ、っていうか、おれもいっていいの？」

「うん、いいと思う。なんだか人が大勢いて、マモちゃんも呼べばよかったって、すみれさん言ってた」私は嘘をつく。

「え、マジで？　すみれさんが？」うれしいと人の声は水分を含んだようにうるおうのだとはじめて知る。

「うん。電話しようかな、でも仕事してたら迷惑だしって迷ってたから、私がかわりにかけてんの」マモちゃんがよろこぶのなら嘘なんていくらでもつける。

「おれちょうど仕事終わろうとしてたとこ。そこ、どこよ？　どういくの？」

マモちゃんは早口で訊く。便座に座ったまま、私は駅からの道順を説明する。てのひらのなかのちいさな電話からマモちゃんのうるおった声が聞こえる。

あいかわらず騒がしい二階の和室へ戻り、

「ねえねえテルちゃん、この筑前煮、マジうまいっすよ！」

とスーパーハイテンションでどなるすみれさんに私は言う。

「あのね、マモちゃんも呼んじゃった」

「えー田中？　なんで田中？」

すみれさんは眉間《みけん》にしわを寄せて言う。

「だれだれー、田中って」ついさっききたばかりの、頰の赤い女の子が訊き、

「ほら、去年の合コンの。出版社の」面倒そうにすみれさんは言ってワインをついでまわり、

「あー、海老？」女の子の恋人なのだろう男が言う。

「何、何、海老ってー」

「すみれっち、前言ってたじゃん、合コンで会った男の話ー。上着を掛けたハンガーみたいな男」

「ちがうちがう、それはハンガー男でしょ。キノモトが言ってるのは海老だって」

「もー海老とかハンガーとかさあ、阿呆《あほう》かよ、クラゲってのもいたじゃんけ」

「ぎゃークラゲ！」

赤い顔の男女はたがいを小突きあったり畳に突っ伏したりして笑い続ける。

ちょうど一時間が経過するころ、笑いと煙草の煙と騒々しい音楽に満ちた部屋にマモちゃんがあらわれ、マモちゃんは自己紹介をし、買ってきたワインや食べものをすみれさんに渡しているが、ほぼ全員泥酔状態に近く、マモちゃんの挨拶も手みやげも無視し、ただ意味不明の会話で笑い転げている。マモちゃんは居心地悪そうに私の隣に腰かけ、向かいの女の子がなみなみとついだ赤ワインにおそるおそる口をつける。

「これね、すみれさんが作ったんだよ。これも。これもすごくおいしいんだよ」私は言い、テーブルに散らばったなかから比較的きれいな皿と箸をマモちゃんに渡す。

「あ、ほんと、サンキュ」言いながらマモちゃんは部屋のなかをくるくると見まわしている。落ち着かない様子で箸をのばし、食べ散らかされた大皿料理の残りを皿にとる。

「ビールもあるよ。いきなりワインがいやだったら、持ってくるけど？」私は言う。

「いや、ワインでいい」マモちゃんは言って、あたふたとワインを飲んでいる。

「田中ー、下いってビール持ってきて！　グラスも一個！　あと、これ、灰皿の中身捨ててきてー」

酔いすぎて、隈取《くまど》ったように目の縁を赤くしたすみれさんがマモちゃんに命令する。

「ったく、るせえなあ。おれ、客だぞ、一応」

マモちゃんはぶつくさ言いながら、それでもどこかうれしそうに階下へ降りていく。

「つーかさあ、みんな自己紹介してよ、ここにいる人たちはあんたとどういう関係なわけ？」

ワインを一気に飲み干してから、みんなとかわらない大声でマモちゃんは言い、何人かはそれを無視し、何人かは自分の名前を言ったり年齢を言ったりする。

「田中ってさあ、出版社に勤めてんの？」マモちゃんのグラスにワインを満たしながらナナちゃんが訊《き》いている。

「あんた、初対面なんだから田中なんて呼び捨てにすんなっつーの」

「おきゅーりょーってどのくらいもらえんの」

「っていうかバイト募集してない？　そこ。おれ今無職なんすよ」

私の隣で知らない人たちとしゃべるマモちゃんを、私はこっそりと盗み見る。みんなのテンションに追いつくように、マモちゃんは猛スピードでワインを飲み、その合間に料理をつまみ、まるで転校してきたばかりの子どもみたいにあれこれと気を配って笑顔をふりまいている。冷蔵庫からチーズを持ってこいと言われればとりにいき、ナナちゃんがしょう油をこぼしたとさわげば雑巾《ぞうきん》を持ってきて畳を拭《ふ》いている。空気が悪いと聞きつければ窓を開け、近所に叱られるから閉めてとすみれさんに怒られればあわてて閉めている。全員の話題が自分からそれていくと必死にその話題についていき、気のきいた一言二言を大声で言っていたりする。CDをかえながら、何やらアーティストの名を羅列してあたらしいCDをかけたりしている。どのマモちゃんも私のはじめて見るマモちゃんだった。

コンビニエンスストアの前でタクシーを降り、マモちゃんと私はもつれ合うように店内に入って目についた酒類を買う。ビールとワイン、焼酎《しょうちゅう》といかくん。タクシー代はマモちゃんが払ったから、それは私が払った。

紺色の夜のなかを、私のアパートを目指してマモちゃんと歩く。ゲリローン、ゲリローン、ゲリローン、とマモちゃんは奇妙な歌をうたい、けらけらと幼児みたいな声で笑う。月は切り落とした爪の先みたいに細い。

山田さんちにいこっか、と言ったのはマモちゃんだった。

深夜一時近く、すみれさんちの和室はかわらず騒々しかったが、飲みすぎたすみれさんは眠ってしまった。隣に座っていた金髪の男の子の膝《ひざ》を枕にして。マモちゃんはちらちらとそれを眺めたり、起こそうとつとめていたのだが、すみれさんは起きなかったし、そうしていると金髪とすみれさんは恋人のように見え、それでマモちゃんはその場にいるのが急激につまらなくなってしまったのだろう。突然「帰るわ」と言い残し、マモちゃんはすみれさんちを出ていった。そこに残る意味もないので、私もあとを追いかけて出てきた。私たちはまったく知らない夜の町をふらふらと歩き、大通りを捜しあて、空車ランプを捜した。山田さんちにいこっか。と、マモちゃんは酒くさい息を吐いて言ったのだった。

先週末に掃除をしておいたことを神さまに感謝しながらマモちゃんを部屋に通したが、部屋が散らかっていようがいまいがまったく気にも留めない様子で、マモちゃんは寝室の床にごろりと横たわる。買ってきたビールを冷蔵庫にしまっていると、マモちゃんが何かつぶやくのが聞こえた。

「何」ふりむくと、マモちゃんは寝室の天井を見上げたまま、

「山田さん、やらせて」と、ちいさくつぶやく。

やらせてやろうとも、心のなかで私は叫び、意気込んでマモちゃんをベッドに引きずりあげる。それはちっとも色っぽくはないのだが、もはやそんなことはどうでもよく、とりあえず布団をかぶって手早く服だの下着だのを脱ぎ捨てていく。

しかし結局、できなかった。マモちゃんの性器はなめても撫《な》でてもさすってもぐにゃりとしたままだった。ここでやけばちに性交されるのと、それともこのように性交不可能であることと、私としてはどちらがより一層傷つくだろうと考えてみるが、答は浮かばず、それよりもなんだか、力無い性器そのものがマモちゃんの一番奥底にある気持ちであるような気がして、いったいどうしてあげたらいいのか私は途方に暮れる。

「中目黒ってはじめて降りた」

脱ぎ捨てたトランクスをはくこともせず、ぼんやりした声でマモちゃんが言う。

「けっこう都会だったな」

「あっちのほう、用がなかったらあんまりいかないもんね。っていうか、用がなければべつにどこへもいかないけど」

「どこへもってどういう意味」

「だってほら、柴又《しばまた》とか赤坂とか調布《ちょうふ》とか、用がなきゃべつにいかないじゃん」

「おれ、赤坂とかはいくよ、ふつうに。あと調布も。友達いるし」

電気を消していても、おもてからさしこむ明かりで部屋のなかは薄淡く白い。私とマモちゃんは中途半端に半裸なまま横に並び、天井を見上げてどうでもいいようなことを話す。

「友達いるってのが用になるんだよ。友達いなきゃ、いかないよ。調布とか、あきる野市とかさ」

「あきる野市は、まあ、いかねえなあ」

マモちゃんがいるというだけで、なんだか自分の部屋がべつの場所であるように思える。どこか、見も知らぬ町の宿泊施設のように。もしくは、他人の記憶に沈んだ遠い場所みたいに。

「おれってさあ」マモちゃんがふいにつぶやいて、黙る。私は息を殺して続きを待つ。しばらくしてマモちゃんはぼそぼそと話しはじめる。

「おれってさあ、あんまかっこよくないじゃん？　かっこよくないってのの、わかってんだ、ずば抜けてお洒落《しゃれ》なわけでもないしさ、それに、背、低いし。体つきとかも貧相で」

「貧相って言葉なんか新鮮」私は笑うが、マモちゃんは笑わない。

「やさしいかっつったらたぶん無神経でやさしさとかとかけ離れてるんだろうし、金持ってるわけでもないしさあ。仕事できるかできないかって、それもごくごくふつうだと思うよ。もしくはふつう以下。三十三歳になったらやめるんだからさ、そういうつもりでやってるんだもん、人より仕事できるわけないやね。なんか秀でてる才能とかもべつにないじゃん。自分のこと、ズバリださいとは思いたくないけどさ、でも世のなかの男をよ？　かっこいいとかっこ悪いに二分したら、おれぜってえかっこ悪いに分類されると思うわけ、な」

うん、とうなずいていいのかどうか躊躇《ちゅうちょ》し、結局息を吸って吐く。

「で、だよ」

「うん」

「で、そういう男にさ、なんで山田さんは親切にするわけ」

私は隣に横たわる男を見る。両腕を頭の下に差し入れて、マモちゃんは天井を見ている。

「親切」

「チョコとかたのまれてくれたじゃん。すみれさんちにも呼んでくれたし」

「好きだからとか、そういう単純な理由なんじゃないのかなあ」

私は言ってみる。言いながら、笑ってしまう。好きだから、なんて単純な理由で、私のやっていることのすべてを括《くく》ることができればどんなにいいだろう。

「ていうかさあ、好きになるようなところ、ないじゃん、っていう話なんですけど」

気がつくと部屋の青はずいぶん明るみを帯びている。薄いブルーが部屋じゅうを満たしている。本棚もステレオも、テレビも掛け布団も、床に脱ぎ散らかした私たちの下着も。時計を見ると五時近い。眠気と酔いと、そしているはずのない男が隣に寝ている軽い混乱とで、頭のなかがどんより濁り、水のなかにいるような気がする。水のなかを漂いながら、どこにもいきつかない言葉を交わしている。

「そうだよねえ。私もそう思う。好きになるようなところ、ないじゃん」

「なんだとオラ、なんかはっきりそう言われると腹立つ」

マモちゃんは言って裸足《はだし》の足で私のすねを軽く蹴《け》る。

「げ、蹴った」

私は布団に手を差し入れて、マモちゃんの脇腹をくすぐる。ひゃあ、と甲高い声を出してマモちゃんは笑う。やめれ、やめれと言いながら、布団のなかで応戦してくる。なんて阿呆《あほう》な男なんだろう。自分がかっこいいから私に好かれているとでも思っているのだろうか。

顔が好みだの性格がやさしいだの何かに秀でているだの、もしくはもっとかんたんに気が合うでもいい、プラスの部分を好ましいと思いだれかを好きになったのならば、嫌いになるのなんかかんたんだ。プラスがひとつでもマイナスに転じればいいのだから。そうじゃなく、マイナスであることそのものを、かっこよくないことを、自分勝手で子どもじみていて、かっこよくありたいと切望しそのようにふるまって、神経こまやかなふりをして、でも鈍感で無神経さ丸出しである、そういう全部を好きだと思ってしまったら、嫌いになるということなんて、たぶん永遠にない。

「好かれるようなところのない人なんだからさあ、きっと、無理だよ、すみれさんなんて」

水のなかに向けて私は言葉を放ってみる。何を言っても言葉はやわらかくゆがみ、薄まっていくように思える。

「そうかもなあ。なんか、いけてるっぽいやつがいたもんなあ、今日も。二分したらかっこいいに属すようなやつ」

私はしばらく天井をにらみ、言おうとし、飲みこみ、大きく息を吸い、思いきって言ってみる。真剣に否定されたときに落ちこまないように、慎重に冗談めかして。

「そうだよ。だからさあ、私でいいじゃん、べつに。すみれさんじゃなくて、私で」

だはは、と、脱力したような声でマモちゃんは笑う。だはは、の次を私は待つが、その次はなく、マモちゃんはやがて寝息をたてはじめる。部屋がだんだん白く明るくなっていくのを、その隣に横たわって私はいつまでも見ている。

この女、ひょっとして大嫌いかもしれないのに、なんか嫌いになれないのはなんでだろう

酒が飲めれば場所はどこでもいいとすみれさんが言うから、以前マモちゃんといった下北沢の居酒屋を予約した。なんで下北なの、と言いながら、それでも時間に遅れずにすみれさんは待ち合わせのドトールにやってくる。私たちはずっと昔から仲よくしている女友達のように、笑いながら混んだドトールを出て、夜道を歩く。今日は久しぶりに晴れたけれど、道のそこかしこには雨のにおいがしみこんでいる。すみれさんは、ネグリジェみたいなてれんとしたワンピースを着ている。へんな服。

「これ、テルちゃんにお誕生日プレゼント」

居酒屋に向かう道で、すみれさんは斜めがけしたバッグからリボンのついた包みをとりだす。

「すみれさん、私の誕生日覚えててくれたの」

「日にちまでは覚えてないけど、なんか雨降りのころって」

「ありがとう。あとで開けていい？」

「つまんないもんだけど」

家での宴会のときもそうだったけれど、すみれさんがどうして私にしたしく接するのかわからない。おもしろい話ができるわけでもないし、人の話も上の空でしか聞けないのに、なぜかすみれさんはしょっちゅう私に電話をかけてきては、ふたりで酒を飲もうと誘う。

「ねえ、なんで私なんかを誘うの？」

予約した店の、薄暗い席に向きあって座り、私はすみれさんに訊《き》いてみる。メニュウを見ていたすみれさんは顔をあげ、不思議そうな表情で私を見、

「仲よくなりたいんだ、私、テルちゃんと」

と、真顔で答える。

「えー、なんで？　私と仲よくなったっていいことないじゃん」

私は笑ってみせる。すみれさんが私の質問に答える前に、店員が注文をとりにきて、すみれさんはメニュウを読みあげていく。生ビール、スペアリブと卵の煮物、大根と帆立のサラダ、カンパチと平目のお刺身、ズワイ蟹《がに》入りクリームコロッケ。

「ねえ、なかなかいいお店だね」

すみれさんは私に笑いかける。運ばれてきたビールに口をつけ、すみれさんの肩越しに、カウンター席を見る。数ヶ月前、マモちゃんと私がよく座っていた場所には、髪の薄い中年男と茶髪の若い女が座って料理をつついている。

すみれさんはどうでもいいことをしゃべっては笑う。すみれさんにとってはどうでもいいことではないのだろうか、などと思いながら私は相づちを打つ。料理が一品ずつ運ばれてきて、そのたび、すみれさんのどうでもいい話は中断される。カウンター席を見るのに飽きて、通路をはさんだ隣の座席に運ばれてくる料理をちらちら見つつ相づちを打っていたら、

「合流しない？」

声をかけられた。

料理から視線をあげると、眼鏡をかけた若い男が笑っている。その向かいには野球帽の男。もし世のなかを二分したとしたら、このふたりはかっこいいに分類されるか、それともかっこ悪いだろうか、眼鏡と視線を合わせたままそんなことを考えていると、すみれさんの声がふってきた。

「私たちさあ、今日は女同士でしっぽりと飲むんだから邪魔しないで」

「あはは、そりゃあ失礼いたしました」

眼鏡は舌を出し、なんでもなかったように野球帽との会話に戻っていく。

「ねえ、マモちゃんを呼ぼうよ」

すみれさんと向き合い、私は思いきって言う。

「えー、田中？　なんで」

すみれさんは不機嫌そうな顔をして訊く。私は声を落とす。

「だって、ナンパとかめんどうじゃん。ふたりよか三人のほうがきっとたのしいし」

「べつにいいけどさあ……私はテルちゃんとゆっくり話したいんだけどな」

「っていうか、私、話すんの得意じゃないしさ。ふたりだと、緊張しちゃうよ」

言いながら、携帯電話をとりだし、私は早速メールを打つ。下北「福笑」ですみれさんと飲んでます。仕事早く終わったら合流してください。急ぐあまり幾度か打ちまちがえて、心のなかで舌打ちをする。

「テルちゃんてさあ、田中くんが好きなの？」

大根サラダを箸《はし》でつつきながら、唐突にすみれさんが訊く。

「へっ」

携帯電話から顔をあげる。そうなのだ、好きなのだと告白し、マモちゃんの誘いなど徹底的に無視してくれ、もしくはふたりで会うときはかならず私を呼んでくれとたのむべきか、一瞬迷い、けれど何も言わず私は曖昧《あいまい》に笑う。

「いいなあ、若い人って」

私とひとつかふたつしか年齢のかわらないすみれさんは言い、私はなんだかとっさに、「でもマモちゃんが好きなのはすみれさんだよ」などと言っている。言ってしまうと、言葉は次々とあふれる。「マモちゃんが好きになるのもわかるよ。すみれさんはいつも明るくて、さばさばしてて、こないだなんかも、ぱぱっと料理つくったり、みんなに気を配ったりしてて、マモちゃんもそりゃ好きになるよって思う」

言いながら、なんだか不思議に思っている。私は彼女のことをそんなふうに思っていたのか。それとも、ただ媚《こ》びているだけだろうか。なんたって、彼女に気に入られれば、マモちゃんと彼女の約束に入りこめるフリーパスが手に入る。あるいはマモちゃんの願いを叶《かな》えようとしているのか。そんな馬鹿みたいな真似を買って出ているのだろうか。もはや、自分の本心の、在り所が私にはわからなくなってきている。

「ねえ、田中なんかの、どこが好きなの？」

運ばれてきたスペアリブをじっと眺めて、すみれさんは眉間《みけん》にしわを寄せて訊く。

「へ？　どこって……」

「私、ああいう子だめなんだよね。私なんかには、けっこう、気、つかってくれてるみたいだけど、実際あの子って自分系じゃない？　自分が世界の大中心って感じの。あの自信の根拠が私にはさっぱりわかんないんだけど……。このスペアリブおいしいよ、すごいやわらかい。あっ、テルちゃんビールたのもうか」

店員は空いたグラスを下げていく。私とマモちゃんが肩を寄せて座っていた座席では、ハゲと茶髪が同じように肩を寄せている。彼らの左右隣とも男女の組み合わせだ。私はスペアリブを箸でほぐして食べる。脂が口のなかで溶ける。

「ねえ、恋人ができたときにさあ、その恋人を身内と考えるか、一番したしい他人と考えるかって、二通りあるでしょ？　身内派は、恋人に絶対気をつかったりしない。みんなで飲んでるときも、ビールついだりお皿まわすのは恋人が最後、他人派はさ、したしき仲にも礼儀あり。ちゃんと友達より優先してくれる。わかる？　田中は絶対、身内と考えるほうだと思うんだ。ああいう子って絶対、彼女にたいしてわがままにふるまうよ。母親がわりみたいにさ」

あたらしいビールに口をつける。テーブルの下で時計を見る。メールを送ってから二十分たつ。あと十分くらいでマモちゃんはあらわれるだろうか。

「田中って、今、なんか私の言うこと聞いてくれたりするんだ。なんかあたらしい店のチヨコ食べたいとか言ったら買ってきてくれたりとか。海いきたいとか言ってたらさ、伊豆《いず》に友達の別荘があるから、夏にそこ貸してくれるみたいなこと言ってたし。でも、そういうのって全部、私が恋人じゃないからだよ。彼女になったらそんなこと全部、してくれなくなるね。じつを言うと、私ついこないだわかれた男がそういうやつでさあ。最初はちやほやしてくれるから、そんならいいかってつきあったらマジ自分系。速攻わかれたよ」

「自分系？」

私は笑って訊く。ハゲと茶髪が席を立ってレジへ向かう。私たちの座席が空いている。

「デートしてたとするでしょ。私のお腹が減ったとするじゃん。そんで、お腹空いたって言っても、そいつは、おれ空いてないって言うわけよ。けど逆のときは、腹減ったからなんか食おうって、こっちの意見もきかずにずんずん店入ってっちゃうわけ。そういうやつ」

「えー、そんだけ？」私は笑う。「そんなの、どっちだっていいじゃん。私はそんなのどっちだっていい」

「どっちだってよくないよ。テルちゃんはさあ、どっちだっていいって、そういうとき相手に譲れるから、だから田中みたいのがいいって思うんだよ。だから田中も本当は、テルちゃんみたいな子とつきあえばうまくいくんだよね」

すみれさんは私を見据えて早口で言い、言ってのち、ゆっくりと笑みを浮かべた。それはなんというか、非常に慈悲深い笑みで、私は唐突に鼻白む。ああ、そうか。あなたが私にまとわりつく理由は、そういうことなのか。クリスマスの近かった夜の、山中吉乃とタラバ蟹《がに》を思い出す。私なんかを相手に優越感を覚えたってしかたないじゃないか。まったくうざいやつ、と思おうとして、実際そう思いかけて、こちらを見てほほえんでいるすみれさんを私は見つめかえす。そうしてあることに気づいてしまう。私はどうやら、髪を橙《だいだい》に染めたこの女を嫌いになれないみたいだった。

友達はたくさんいて、わいわい騒ぐのが好きで、望めばわりとかんたんに恋人ができて、でも、この人はものすごくひとりぼっちなのかもしれない。本当の友達なんかいなくて、好きになるということも、好きになられるということも、知らないのかもしれない。マモちゃん云々《うんぬん》のことは関係なく、なんだかものすごく冷静にそう思った。この人が私に近づくのも、マモちゃんとのあいだに私を介在させようとするのも、結局、自分というものの輪郭を自覚したいからなんじゃないか。

ねえすみれさん、あなたは私に似ているかもね、などと言ったら、彼女は本気で抗議するだろうが、私たちは違う方法で同じものを求めているのかもしれない。鼻から煙草の煙を出し、背をまるめしょう油にわさびを溶いているすみれさんの右手を、ふと強く握ってあげたくなる。

「すみれさん」私はちいさく言い、すみれさんが顔をあげるのと、「ちわーっす。何、きみたち、うちの近所でなんの集会？」陽気な声で言いながらマモちゃんがあらわれるのと、ほとんど同時だった。


昼間の健康ランドは空いている。脱衣所の椅子に腰かけ、私は携帯電話を耳にあてる。

「七月の二週目以降でさあ、山田さん、ひまなときないの？　こっちは、月はじめが校了だから八月のあたまままではいつでも休めんの」

受話器の向こうでマモちゃんは言う。手帳をめくる音がする。マモちゃんが言っているのは、夏休みのことだ。海にいきたいすみれさんのために、みんなで休暇を合わせて伊豆にいこうと誘っているのだ。人間的に品のいいマモちゃんは、もちろん私にそんなことは言わないけれど、ついこのあいだすみれさん本人からその話は聞いたばかりだ。

「たとえばさ、十七日から四日間ってのはどう？　二十日土曜だから、その日帰れば日曜休めるっしょ。もしくは三日間でもいいけどさ」

私とマモちゃんと、すみれさんと三人で海。四日間も海。マモちゃんはすみれさんに気に入られるようにはしゃいだり、かっこつけたり、気をつかったりし、すみれさんは逐一私にそれを報告し、身内系だの他人系だの言ってマモちゃんをこきおろしてみせるのだろう。いくら私が強靭《きょうじん》な精神を持っていたとしても二日が限界なんじゃないか。三日目の朝には気が違っているんじゃないか。

蒔田さんがちらりとこちらを見て通りすぎていくのが、鏡越しに見える。ああ、本当に社会性のないフリーターはしょうがない、と蒔田さんは思っている。最初からずっとそう思っている。だから、脱衣所や洗濯室でこうして私用電話をしまくっていても、蒔田さんは私を無視したりしない。ちらりと見て、大袈裟《おおげさ》にため息をついてみせるくらい。

「私、休めるかわかんない」

私は言ってみる。

「えっ、何それ、まじ？」

私から断られることなんてよもやないと信じているその口ぶりがしゃくに障り、私はぶっきらぼうにつけたす。

「だって私、マモちゃんたちみたいに土日が休みってわけじゃないから、土曜に帰ってきたって日曜は仕事だし。ほかの人誘ったら？　すみれさんの友達でもいいじゃん」

「えー、山田さん、まじー？　そしたら、休み山田さんに合わせるよ、山田さんの休めそうな日を言ってよ。夏休みとるっしょう？　そこんちさあ、すげえいいんだぜえ、マンションの六階なんだけどベランダから海一望よ？　海まで歩いて三分だしさ、プライベートビーチ状態で、しかも海水すんげえきれいよ？　あとさ、近くにね、すげえうまい魚屋があんの、めずらしい刺身とか食えるぜ？　干物がまた絶品でさあ。地酒も豊富で超おすすめがあんのよ、山田さん好きじゃん、日本酒。宿泊費はただだしさあ、言うことなしのバカンスよ？」

マモちゃんは必死で言いつのる。この執拗《しつよう》な熱心さで彼が誘っているのは、私自身の存在であるという錯覚を色濃く味わって、私はずっと、ダダをこねるようなマモちゃんの言葉を聞いていたくなる。しかしそうしていくら聞いても、彼の誘い文句のなかに私の興味を引くものがひとつもなくて、そのことにびっくりしてしまう。澄んだ海もめずらしい刺身も絶品の干物も宿泊無料もバカンスも、なんにもうれしくない。私はなんと偏狭で頑固な人間なんだろう。

「あっ、別荘の持ち主も誘うよ、っつーか、持ち主の息子だけど。こいつ、すげえいいやつ。年も近いしさ。イケメンだぜ？　って、イケメンってもう言わないのか？　ま、ナイスな男ってことな。あともうひとりくらい男誘う。紹介するからさ、そんで山田さんも女友達とか連れてきたら？　そしたら大勢でたのしいじゃん。そのマンションも広いから問題ないっすよ」

マモちゃんがそんなことを言いだし、ようやく錯覚が霧散する。我に返る。彼の熱心さが求めているのは私ではなくほかの女であるという事実。

私は自分の足を見おろす。甚平姿の制服から伸びた白い足と、ひらたい足の甲。

「ねえねえねえねえ山田さーん、いこうよいこうよいこうよいこうようー、ね、ね、ね、ね？」

まるきり幼児のようにくりかえすマモちゃんの声に、私は笑い出してしまう。白い窓から午後の陽射しが入りこんで、脱衣所の床に菱形《ひしがた》の切りこみを入れている。笑うために背を折り曲げると射しこむ日の光もちかちかと揺れる。

「わかったよ、しょうがないな、じゃあ私も友達誘うよ」私は言う。

「そうだよ、そうしなよ！　ほんじゃ、さっきの日取りでなんとかなりそうだったら電話ちょうだい？　無理だったらずらすから、それはやめにたのむわ」

マモちゃんの安堵《あんど》がてのひらに伝わってくる。わかった、わかったとくりかえして電話を切る。電話を切ったそばから、葉子の家の番号を押す。

「ほらー、もう、電話はいい加減にして働けー」

両手に抱えたバスタオルで私を小突くようにして蒔田さんは言い、笑う。私も笑う。怪訝《けげん》そうな顔をしてふたり連れの女性客が入ってきて、私たちは笑いを飲みこみいらっしゃいませと声をそろえる。仕事に何も求めていないのに、仕事が私を救ってくれることがあるのだとふいに知る。

好きになってごめんなさいと、あやまんなきゃいけないような気がするときもある

部屋のなかを見まわす。しんとしずまりかえった和室。淡く私を映すテレビ。開かれた障子、庭には夏草が生い茂っている。すっと風が入りこんできて、座卓に座る私のおでこをなでていく。なんだかちいさな子どもになったような気分で、思わず私は畳に寝ころぶ。しっとりした畳のにおいが強く漂う。

「おばさーん、お正月に畳かえたの？」

廊下を挟んで向こうの台所にいる葉子母に声をかける。

「あらー、わかるー？　そうなのよう。テルコちゃんさあ、アイスとお大福とどっちがいい？」

「アイスがいいですー」

私は叫び、木目模様の天井を眺める。私の育った家はものであふれかえっていたけれど、葉子母の家には無駄なものがない。葉子母は、好きな男をここでずっと待っていたのかな、と思う。自分で自分のやっていることをへんだと思ったことが、あるんだろうか。さすがにこれじゃあつらすぎる、わりに合わない、と思ったことがあるんだろうか。

「葉子もいよいよやばいわね」

お盆を手に葉子母が戻ってきて、私はいそいで起きあがる。庭の雑草が太陽を浴びてちらちら揺れている。雑草はずいぶん伸び放題だ。ペンペン草も小ぶりのひまわりもまじっている。ひまわりは植えたのではなく、どこかからとんできた種がうまいこと育ったのだろう。きっと、葉子母の恋人は昼間にはここへやってこなかったのだろう。陽にさらされた庭を見ることはなかったのだろうと、部屋とは裏腹にずいぶん荒れた庭を見て思う。

「やばいって？」

「あの子は一生ひとりものよ。きっと恋人もできない。ひとりで孤独死してくのよ」

葉子母はため息をつき、私の前にアイスクリームのガラス皿を置く。

「なんかあったんですか」私は訊《き》く。

「なんかもなんにもないけどさあ。この前さ、玄関先で車から降りてくるの見かけたからさ、彼氏？　って訊いたら、送り迎え専用のお友達なんだって、えばるわけよ。あたし、ああいうのむかつくのよね。送り迎え専用でもいいけどさ、えばることないのよ。ね、紅茶とコーヒーとどっちがいい？　麦茶もあるけど、アイスとじゃ体がひやーっとなっちゃうよね」

「あ、ほんじゃコーヒーを」

「はいはい、じゃ待ってて」

葉子母はまた台所へいってしまう。不思議なことに、この家はどこに何人いても、ひっそりしずかなままだ。まるで雪の日みたいに。葉子がなぜここに住まず、茶室を建て増しまでしてそこに住んでいるのか、なんとなくわかるような気がする。

「でもさあ、おばさん」アイスを一口ずつ食べ、私は声をはりあげる。「葉子ちゃんはきちんと手に職持ってるし、仕事もしっかりやってるし、色恋が介在しないにしてもナカハラくんとかその車の男とか、面倒見てくれる人がいるわけじゃん？　だから心配ないんじゃない？　孤独死とかなんとかさあ」

「ばっかねえー、あれで四十歳になってみなさいよ、けんけんしちゃって、ぱさぱさでさ、言い寄ってくれる男もいなくなるわよ」

コーヒーカップを持って葉子母は戻ってくる。私の隣に座って、ぼんやり庭に目を向ける。

「あたしが悪いのかもしれないんだけどさ……。でもそう思うと、何もわざわざあたしみたいじゃないことをすることもないのにって、思うのよ」

私たちはなんとなく庭を見て黙る。スプーンがガラスの器にあたって、ちいさな音をたてる。

「あたしのちっちゃいころはさ、女が学校なんかいかなくていいとかさ、女のくせに何を言うか、なんて、普通に言ったわけよ。でも今そんなこと言ったら、訴えられちゃうでしょ？」

「さあ、訴えはしないんじゃないかなあ」

「問題にはなるじゃない。あたしはさ、男尊女卑はおかしいって思うわよ？　思うけど、それを正反対にひっくりかえしたって世のなかはよくなんないわよね？　女がえばって男を思うように動かしてさ、男がへいこら言うことときいたって、それは平等とは言わない。あたし葉子を見てるとそんなこと思うのよねえ。あの子がやってることは女の進化じゃなくて退化なのよ、ねえ、テルコちゃんそう思わない？」

「つーかさあ、テルちゃん何やってんの？」

声がして、ふりむくと廊下に葉子が立っている。

「やーだ、帰ってきたなら声かけなさいよ。葉子アイス食べる？」

「いらなーい」葉子は言って、手足を伸ばして畳に座る。葉子もこの場所には全然似合わない。この家で何年も暮らしてきたのに、よその子がまぎれこんでしまったみたいに見える。

「何、急用？」

「きたら留守だったからさあ」

「夏にさ、海いかない？」

葉子はちらりと私を見る。葉子母は立ち上がって、葉子のぶんのアイスも持ってくる。いらないと言ったのに、葉子は膝《ひざ》を立てて座り、スプーンでアイスをすくう。

「海ー？　だれとよ」

「マモちゃんと」

「テルちゃんと私で三人？」

「マモちゃんの友達と」

「四人？」

「あと、すみれさんと」

「何それ」葉子はスプーンを持つ手を止めて私を見る。見るというより、にらんでいる。

「えーと、だから五人、かな？　あ、六人だ。マモちゃん、たしかふたり男の子連れてくっていってた」

「なーんでおれさま男が三十女をくどくのにテルちゃんや私が同行しなきゃなんないの？」

「海、いいじゃない、いってきなさいよ。男の子もくるんでしょ？」

葉子母が口を挟むが、葉子はそれを無視する。

「テルちゃんがいかないなら私もいかないって、その三十ブスが言うわけでしょ？　そうやって、おれさま男をじらしてたのしんでんでしょ？　もてない女って、ほんとそういう無意味なことするよねー」

葉子はかちかちとせわしない音をたててアイスを食べ、空いた器を座卓に置く。葉子母はまるでウェイトレスみたいに、その器を台所に下げてテーブルを拭《ふ》いている。布巾《ふきん》を持った葉子母の白い手を、葉子はじっと見つめている。

「すみれさんはブスじゃないよ、美人ってわけでもないけどさ」

「いかない」葉子は笑わずに、なんだか大根をすっぱり切るみたいに言った。「絶対にいかない。おれさま男と三十ブスをとりもつ卑屈なテルちゃんなんか、私は絶対に見たくない」

葉子母が長いため息をつき、私はなんとなく笑ってみたが、やっぱり部屋のなかはしんとしずまりかえっている。

お願いだからわかれてくださいと、私に懇願した矢田耕介の顔を、なぜかふいに思い出す。大学生のころつきあっていた人だ。

大学二年生のときつきあいはじめた矢田耕介は苦学生で、三年にあがっていよいよ下宿先の賃料が払えなくなり、私の住むアパートに転がりこんできた。私のところへ引っ越してきてすぐ、彼にはどうやら浮気癖があるらしいと気づいた。病的に思えるくらいその癖が半端じゃないことにも、徐々にだが気づかざるを得なかった。なんだか冗談みたいだった。何か、好色一代男みたいなキャラクターづくりをしているのかと思ってしまうほどだった。

毎週火曜だけ、朝から深夜まで留守にする。授業にもでてこない。ひょっとして美容師と浮気しているのかもしれない、なんて友達と笑っていたら本当だった。私と同い年の美容師とはしかし、私にばれてすぐわかれた。半年ほどすると、今度は水曜日だけ留守にする。水曜ならば不動産屋かデパートかと冗談で言っていたら、事実、デパートのエレベーター係と浮気していた。

私の両親は学費しか請け負ってくれなかったので、アパートの賃料プラス矢田耕介との生活費を稼ぐため、アルバイトを掛け持ちしなければならず、結果、私は留年が決定した。

留年後は学費の支払いを両親が拒否したので、さらにアルバイトを増やさなければならなかった。一方、矢田耕介は無事四年で卒業し、しかし就職せずアルバイトをはじめ、そして頻繁に浮気をくりかえすようになった。

帰ってくるのは一週間に二日か三日、私たちの暮らすアパートには、見知らぬ女からしょっちゅう電話があった。無言電話もあったし、甘ったるい声で矢田耕介の在不在をたしかめる電話もあった。それでも本人は、浮気していることを私に隠そうと、それなりに必死になって努力していて、ばれるとひたすら反省してみせるのだった。ごめん。もうしない。本当にもうしない。

気がつくと、私は浮気発見に命をかけて日々をすごしていた。アルバイトの合間、眠る時間を削って、矢田耕介の手帳を調べクロゼットを調べ、机を調べバッグを調べ、天袋を調べ押し入れを調べ、PHSの履歴とアドレスを調べ、そうして、女の影がうっすら見えてくると、不思議なことに安堵《あんど》した。

阿呆《あほう》みたいな話だが、浮気の証拠捜しに明け暮れたおかげでもう一年留年した。自分がいつか「大人」と呼ばれるだれかになって、意義を持って社会に参加するなんてこの先ないのかもしれないと、風呂屋《ふろや》でのアルバイトをはじめるときに思ったが、そんなことはあのときからうっすらと理解していたにちがいない。

大学六年の、二十四歳の一年は、今思い出しても何がなんだかよくわからない。建前として私に隠すものの、矢田耕介の浮気はエスカレートし、どこかの女と一泊旅行をするために、私から金を借りるようになった。使った覚えがないのにキャッシュカードの支払い通知がきて、調べてみるとそれはどこかのラブホテルの代金だったこともある。脱衣所に私のものではない下着が落ちていることもあった。ごめん、もうしない、矢田耕介は言い続け、私は許し続けた。そのようにしていっしょにいる私たちを、へんだ、と友人のだれもが言い、私も同じように感じていた。へんだ。珍妙で、不健康だ。ゆがんでいて、まちがっている。いっそ、母と息子という関係だったら、もう少し普遍的な不健康にはなり得たのではないか、とも思った。あるいは犬と飼い主とか。小間使いと主人とか。そんなことを思ってみたってしかたない、私たちは母と息子でも、犬と飼い主でもなく、年若い恋人同士なのだ。どうすればいいのか私にはわからなかった。どうすれば健康的になるのか、どうすれば珍妙でなくなるのか。矢田耕介にもきっとわからなかったのだろう。私たちはおたがいが困り果てていることも、きちんと理解し合っていた。

私の女友達と矢田耕介が、私たちのアパートでともに寝ているという、ひどく陳腐でありがちなゆえ、あり得ない場面を目にしたとき、私はつい笑ってしまった。そんな場合ではないのに、以前授業で習った、中国の王さまの話を思い出していたのだった。

ずうっと昔の中国の話。退屈を紛らわすために、幼い王さまは家臣に対して残虐な行為をする。王さまを止められる権利を持つものはだれもおらず、どのような行為も認められ肯定され、そうしていくうち、何かを残酷だと思う心が麻痺《まひ》していって、残虐さはどんどんエスカレートしていく……という、ひどくかなしいおそろしい話だ。その怪奇ものの寓《ぐう》話《わ》めいた話は、遠い過去の遠い大陸の物語ではなくて、今ここにいる私たちの心の闇を書いたものかもしれないなんて、真っ裸で眠る矢田耕介と女友達を見て思い、そんなことを思っている自分が滑稽《こっけい》な謎だった。

その直後だ、矢田耕介がわかれてくれと私に懇願したのは。私がイエスともノーとも答える前に矢田耕介はあたふたとアパートを出ていった。靴下一足、写真一枚残すことなく矢田耕介は消え、そうしてみると、その部屋にかつて矢田耕介という人間が住んでいたということ自体、私には架空のことみたいに思われた。

深夜のアルバイトを終えて部屋に帰り、そのままベッドに直行して眠りを待ち、眠りに落ちるまでの数分、私は考えた。中国の王さまだったのは、はたしてどちらだったんだろう。矢田耕介か、私か。何かがどんどん麻痺していって行為をエスカレートさせたのは、矢田耕介か、私か。答が出る前に、しかしいつも私は眠りに落ちた。

矢田耕介の顔を、今私は思い出すことができない。思い描こうとすると、あらわれるのは顔の部分だけがマモちゃんの、背の高いがっしりした男だ。それで私は思うのだ。だれだってかまいやしないのではないか、と。矢田耕介でもマモちゃんでも、なんのかわりもないんじゃないか。そう思うとしかし、彼らがなんだか気の毒になる。たまたま私のそばにいたというそのことが、あわれむべき何ごとかに思えてくるのだ。

我に返る。開け放たれた障子の向こうで、雑草がスローモーションで揺れている。ガラスの器のなか、アイスはとうに溶けている。葉子は畳に寝ころがって天井を見ている。葉子母は私の左隣でぼんやり庭を見ている。なんだかみんな、かつて好きだっただれかのことを、うまくいかなかった恋愛を、そこに呆然《ぼうぜん》と立ちつくしていた自分を、思い出しているような気がした。

すみずみまで掃除のゆきとどいた清潔な部屋は、雪に閉じこめられ救助をじっと待つように、あいかわらず、しずまりかえっている。

あといくらでもがんばれるって思ってんのに、どうやら何かがダウンしはじめる

　マモちゃんの言っていたとおり、砂浜はそれほど混んでいなかった。それでも、ビーチパラソルがいくつか並び、カップルやグループ連れがカラフルな水着を身につけて、あちこちで歓声をあげている。私たちも海の家からパラソルを借りて、チェック地のビニールシートをその下に広げ、並んで腰かけている。私と、マモちゃんと、すみれさん。

「ビール飲む？　買ってこようか？　それともかき氷がいい？」マモちゃんが言い、

「テルちゃんどうする？」すみれさんは私に訊《き》き、

「じゃあビール」私が答えると、

「私もビール！　いってらっしゃーい」すみれさんが大声を出し、

「ウィッス」マモちゃんは言って海の家に走る。

「でもさー、ビール飲むとおしっこしたくなっちゃうんだよね、ま、いっか、海すぐそこだし」

すみれさんは私に顔を近づけて言い、ぎゃははは、と発音するように笑う。甘いバニラのにおいが鼻を突く。すみれさんの、日焼けローションのにおいだ。

空には雲ひとつなく、そのぺかりと広がる澄んだ空を映して、海面はちかちかと光る。幾人もの顔や浮き輪を定期的に浮きあがらせながら波が上下し、遠く、歓声や笑い声が響いてくる。私はふりむいて、三軒横に並んだ海の家を見やる。砂が熱いのだろう、片足ずつ飛び上がるようにして、一軒の店に向かうマモちゃんのうしろ姿が見える。私の横で、鼻歌をうたいながらすみれさんはビニールシートに横たわる。太陽が反射して、すみれさんの白い脚はさらに白く光る。同様に白く光るすみれさんの腹を私はぼんやりと見おろす。

待ち合わせ場所に集合したのは、なぜか、三人だった。私と、マモちゃんと、すみれさん。リゾートマンションの一室を貸してくれるというイケメンなマモちゃんの友達も、もうひとり誘うと言っていただれかも、葉子がいかないと言うからすみれさんが連れてくることになっていた女友達もいなかった。「大勢でわいわいって言ったのにー」すみれさんはつまらなさそうに言った。

マモちゃんの友達（デザイン事務所勤務らしい）は、急に仕事の変更が入り、数日は事務所に詰めて仕事をしなくてはいけなくなり、ゆうべおそく、マモちゃんにリゾートマンションの鍵《かぎ》だけ渡して事務所にいってしまったと、マモちゃんは説明する。もうひとりは食あたり、貝にあたって激しく腹を下しており、こられなかったという。

すみれさんの女友達は今朝方生理になったらしかった。タンパックスの使いかたを教えてやると言ったのに、絶対にナプキンじゃないと嫌だと言い張って、しかも今どき、ものすごい生理痛持ちなのよ、出血もすごいんだって、どれくらいかっちゅーと、と、伊豆へ向かう踊り子号のなかですみれさんは大声で説明し、私とマモちゃんは必死で声のトーンを落とさせた。

ともあれ、三人だった。

三人だけで電車を乗り継ぎ、三人だけでマモちゃんの友達のリゾートマンションに向かい、三人でそこから海へと泳ぎにきたのだった。時間の経過とともに話題はなくなり、気まずい雰囲気が漂いはじめた。しかし全体的にトーンダウンしはじめるとすみれさんが反比例してはしゃぎ、彼女がはしゃぐとさらに気まずさに拍車がかかり、それでもっとすみれさんがはしゃぎだすという、悪夢の悪循環に陥りはじめていた。

マモちゃんがビールを買って戻ってくる。私に一本を渡し、寝ているすみれさんの白い腹に一本を押しつける。

「ぎゃーっ、冷たいっ！」すみれさんは甲高い声で叫び、「何すんだよッ田中！」

むっくり起きあがって、逃げ出すマモちゃんを追いかける。ふたりはどんどん遠ざかる。遠ざかるふたりの向こうに、ちかちか色をかえる海がある。マモちゃんとすみれさんが水しぶきをあげながら、海に入っていくのが見える。そうすると、泳いだり、浮き輪に乗って海面を漂ったりしている大勢の人にまぎれ、ふたりの姿はあっというまに見えなくなってしまう。私は目線を手元に戻し、水滴をびっしりはりつけた缶ビールを開ける。すみれさんのビールは砂浜に転がって、砂まみれになっている。


マモちゃんの友達のマンションは1LDKで、リビングの窓からたしかに海が一望できる。私は窓辺に立って海を見おろす。もう日は暮れて、眼下にはぽつりぽつりと家の明かりが灯《とも》り、その向こう、すとんと何もなくなり黒い空間が広がっている。海だ。

台所からマモちゃんとすみれさんの談笑する声が聞こえてくる。すみれさんが何か料理をしており、マモちゃんが魚屋で買ってきた刺身を皿に盛りつけている。昼からずっと飲んでいるから、私たちはもうとうに酔っぱらい、酔っぱらうと気まずさも消えたかに思え、ああ、この状態になるために私たちはがんばって飲み続けているのだと気づく。

「テルちゃあーん、用意できたよう、さっき買ったワインにする？　それともポン酒にする？」

すみれさんが声をはりあげて叫び、

「そりゃあ刺身だもの、ポン酒でしょうよ！」

私も叫び返して意味もなく笑う。

私たちはテーブルについて幾度目かの乾杯をする。テーブルには、大皿に盛られた刺身と、すみれさんのつくった帆立のカルパッチョ、蛸《たこ》のトマトサラダ、イカとセロリの炒《いた》めものが並んでいる。しょう油だの小皿だのをそれぞれ渡し合い、いただきますと声をそろえる。

見知らぬ焦げ茶のダイニングテーブル。朱塗りの箸《はし》と、白い無地の皿。壁にかけられた風景画。嗅《か》ぎ慣れぬにおい。客用の硬いスリッパと、白々と明るい蛍光灯。窓の向こうに広がる真っ黒な海、みんなが口を閉ざしたときの、果てのないようなしずけさ。この、何ひとつ自分と接点のない場所に、私は恐怖も不安も居心地の悪さも覚えない。田中守によってつなぎとめられているのだから。しかし、すみれさんを見るマモちゃんの視線のやわらかさに気づくと、胃のあたりはざわざわと苦しくなる。すべては満たされない。何もかもが万事ＯＫになることはない。わかっているが、ここから逃げ出したい。逃げ出したいと願う同じ強度で、しかしここに座っていたいとも思う。

日本酒がなくなり、きんと冷えた白ワインを開けるころ、それほど飲んだようには見えないのにすみれさんは泥酔していて、椅子に片膝《かたひざ》をたて、右手に握った箸を空中でふりまわし、左手にはさんだ煙草の灰をまき散らしながら、すわった目つきで唾《つば》を飛ばし、必要以上の大声で、なぜか、前につきあっていた恋人の愚痴をくりかえし、くりかえし話している。

「だってそいつさ、つきあう前はあんだけ私に尽くしてさあ、尽くすからつきあってやったのよ？　酒飲んじゃおごるし、買いものいきゃ荷物係だし、排水管あるじゃん、排水管っつーの？　ほら洗面所の流しの下に通ってる管、うちのそれが詰まったときなおしてくれてさあ、手とかヘドロまみれになって」

「ああ、はいはい」

ろれつのまわらないすみれさんの話にマモちゃんは相づちを打っている。ときどき私を見て、困ったように笑ってみせる。関係性が少しずつずれていれば、ここにいるのはだれにとってもずいぶんたやすいんじゃないかと、ふと思う。たとえばマモちゃんとすみれさんが両親で、私が子どもだったとしたら。たとえば私がマモちゃんの母親で、すみれさんが息子のガールフレンドだったりしたら。たとえば私とすみれさんが恋人同士で、マモちゃんがすみれさんの兄だったりしたら。

「そうじゃなきゃあんなやつが私となんかつきあえっこないっつーの。なのにさあ、何勘違いしてんのか、つきあったら一変しやがって。七時にうちにいりゃあテレビは野球だしさあ、映画なんかぜーんぶ近未来もの。私は近未来なんかだいっ嫌いだっつーのにさ。そのうちデートもしなくなって、うちにくるばっかりで、うちにきて私がごはんつくるの野球見て待ってんの、ただ待ってて、おいしいも言わずに黙々と食いやがって、すみれさんの手料理をだよ？　すみれさんの手料理なんつったら、よだれもんでしょ？　ねえ、田中、そうだよね、あんた、すみれさんの手料理を食いたいよね？」

「今食ってるよ」マモちゃんは笑う。

矢田耕介の母親ではなかったように、私は母にも子どもにもすみれさんの恋人にもなり得ないことはわかっている。そんな身も蓋《ふた》もないことを一瞬本気で思う。だったらいっそ、マモちゃんとすみれさんがつきあってくれないか。そんな身も蓋もないことを一瞬本気で思う。だってそうしたら、ここで三人でいる意味も、もう少し明白になる。

「じゃあ今感激してるよねえ？　私の手料理が食べられてさあ、ねえ？」

マモちゃんはそれには答えず私を見て曖昧《あいまい》に笑うので、

「私は感激だよ」私は言う。「すみれさんのつくる料理は、なんでもおいしいよ。こないだからそう思ってる。今日だって私それがたのしみでここへきたんだよ」

「うっそ、まじ、まじでそう思うー？」すみれさんは赤い顔をして叫ぶように言い、「じゃあ私、テルちゃんのためにパスタつくる、さっきトマト缶見つけたからッ」

ふらつきながら立ち上がり、カウンターの向こうに消えていく。

「すみれさん、いつもより飲んでないのにいつもより酔ってる」私は隣に座るマモちゃんに言う。

「なんかさ、すげえ、気、つかってたじゃん。最初から飛ばしてたし。疲れたんじゃないの」マモちゃんは私に顔を近づけて、低い声で言う。

「何ーっ、あんたたち、今私の悪口言ったでしょーっ？」

台所からすみれさんの声が聞こえてくる。

「言ってねえよ、それよか、包丁使うなよ、あぶねえから！」

マモちゃんが恋人のようなやわらかい口調で言いかえしている。

海から帰ってきたらいきなり熱が出た。どちらにしても二泊三日の予定だったから、明日までアルバイトは休みをとってある。結局、私たちは一泊しただけで帰ってきたのだった。

冷房をとめてタオルケットにくるまっているが、日に焼けた手足がひりひり痛む。熱のせいで体は寒いのに、日焼けしたところが熱い。冷房をつけ、がたがた震え、冷房を消し、ベッドの上の涼しい箇所を捜してごろごろ寝返る。そのくりかえしだ。

うとうとと眠り、やけにリアルな夢ばかり見て目が覚める。悪夢というのではない。ただ、夢のなかの手触りが、何もかも現実っぽいのだ。夢のなかで私は七歳だったり二十歳だったりした。おばあちゃんちにいたり、矢田耕介と暮らしていたアパートにいたりした。夢のあまりのリアルさに目が覚めるたび混乱した。この散らかった部屋はなんだ、とおばあちゃんを呼ぼうとしたり、矢田耕介の姿を台所の暗闇に捜したりした。

マモちゃんから電話がかかってきたのはその日の夜だった。

「昨日はありがとね、たのしかったよ、ひさしぶりに海にいけて」

ベッドの上で子機を抱え、天井を見上げて私は言う。白い天井がぐるぐるまわって見える。

「あのさ、昨日の今日でなんだけど、時間ある？」

マモちゃんはおずおずと訊《き》く。

「ちょっと体調崩してるんだ」

私は言う。海から帰ってきたら、なんだかなんでもどうでもよくなっていた。あるいはそれは、三十九度近い熱のせいなのかもしれない。だったら、熱がずっと出てくれていればいい。そうしたら私は田中守から自由になれる。というよりも、彼に気に入られたいという自分の気持ちから。

「え、まじ？　海で日焼けしすぎた？」マモちゃんは訊く。

「うーん、そうかも。日焼けなんか二十年ぶりくらいだから」

マモちゃんは黙る。私も黙る。ざらついた沈黙があり、今マモちゃんは家にいるんだろうと思った。最後に訪れてからもう一年近くが経過する、マモちゃんのあのアパートの細部が突然ありありと目に浮かぶ。さっきまで見ていた夢のひとつみたいに。ひょっとしたらこれも夢なのかもしれない。

「今日、山田さんに会いたいんだけど、じゃあ無理かな」

マモちゃんはおだやかな声で言う。

「すみれさんのこと？　すみれさんの携帯番号、知らなかったら教えるよ？」

私は窓辺に目を移す。カーテンは開いたままで、ベランダに干した水着が夜のなかでたよりなげに揺れている。片手でエアコンのスイッチを入れる。ぼこぼこと奇妙な音をたてて年季の入ったエアコンは動き出す。

「そうじゃないよ。山田さんに話があるんだよ」

「私に？　何？」

「電話じゃ話せないから、会いたいなって思ったんだけど」

私は子機を耳にあてたまま、すばやく考えをめぐらす。すみれさんに関係のない話。私に挽回《ばんかい》のチャンスはあるのか、ないのか。以前のような関係に戻れるのか、戻れないのか。

「近所ならいいけど。ちょっとまじで体調悪くて、そっちまでいけない」

私は言っている。一パーセントにも満たない可能性なのに、まだ捨てたくないらしい。

「じゃあ、近くまでいくよ。西荻だよね、山田さんち。井の頭でいくから、近くまでいったら連絡する」

マモちゃんは言って電話を切った。

近くまでいくよ。近くまで。私は子機を耳にあてたまま、マモちゃんのその声をしばらく反芻《はんすう》する。これはきっといい話だ。可能性は一パーセント未満なんかじゃない。近くまでいくよ。だってその声、その言いかた、私たちが毎日会っていたときと、まったく同じじゃないか。

シャワーを浴び、化粧をし、眉《まゆ》を描いているときに、ついた、とマモちゃんから電話があった。一度だけマモちゃんといったことのある居酒屋を指定し、電話を切って急いで着替える。熱冷ましの薬を水道水で流しこみ、いそいそと部屋を出ていく。

ビールは冷えていておいしかった。マモちゃんはTシャツにジーンズ姿で、顔も腕もずいぶん日に焼けている。

「焼けたねえ」しみじみ言うと、

「いっしょだったじゃん」マモちゃんは笑う。「具合、平気?」

「どっちにしても、今日はなんにも食べてないから、きてもらって助かったかも」

「なんにも食ってねえの? やばいじゃん、なんかたのもうよ」

マモちゃんは言ってメニュウを広げる。

二杯目のビールに口をつけているあいだに、串焼《くしや》きの盛り合わせだの刺身だの、オムレツだの揚げワンタンだのが次々運ばれてきて、注文したそれらがずらりと私たちの座るカウンターを埋め尽くしても、マモちゃんは本題に入らない。私たちは本当に、一年前とまったく同じに、すみれさんの話題などには触れず、あれこれとくだらないことを話しながら料理をたいらげていく。食欲はまったくなかったけれど、私は箸《はし》を動かし続けた。

大きなコの字型のカウンター席と、テーブル席が一卓だけあるきりの店内は、今日はずいぶん空いている。私たちの向かいで、さほど若くない女ふたりが笑い転げながら日本酒を飲んでいる。彼女たちの笑い声が、昨日聞いていた波の音みたいに近づいては遠のく。

「話って何」思いきって訊いてみる。しかしマモちゃんは、

「なんか今日は食っても腹にたまらねえ」そんなことを言って、料理がまだ残っているのにメニュウを開いている。

それぞれ五杯目になる酒が運ばれてきても、マモちゃんは馬鹿話しかしない。三十三歳になったらおれリゾートマンションの管理人になるって昨日決めたの。住み込みでさ、よくねえ、それ？ 聞きながら、私はサワーの入った大ジョッキを額にあてる。熱があるのかないのかとうにわからなくなっているが、冷たくて気持ちがいい。

なんだかもういいや。マモちゃんの言っていた話ってのがなんだってどうだって、もういいや。こうしていっしょにいられるんだし。そんなことを心の内で思ったとき、マモちゃんがぼそりと言った。

「まじめな話なんだけど」

「っていうか、こんなに飲んでてまじめな話、できるー？」

茶化す私にかまわず続ける。

「あのさ、もう会うのやめようよ」

額に大ジョッキをあてたまま私はその言葉を聞いていた。

「って、おれらべつにつきあってるわけじゃないから、こういう言いかたってへんなんだけど」

あたらしい客が入ってくる。半袖《はんそで》シャツにネクタイのサラリーマン三人連れで、どこかですでに飲んできたのか、陽気な笑い声を響かせて店に入ってきて、彼らをテーブルに案内する若い女性アルバイトに大声で話しかけている。

「ねえねえおねえさん、コノワタって、ボラの精子だよねえ？」

「ちがうって、あれはクラゲの小腸。そうだよね？」

「お飲みものはいかがなさいますか」

「えーと、ビールはもういいや。なんかワイン飲みてえ」

「つーか、メニュウ見たってわかんねえよ。焼酎《しょうちゅう》でいい、二階堂で、ボトルで」

「そんでおねえさん、なんだっけ、コノワタって。賭《か》けてんのよ、みんなで」

テーブル席に腰を落ち着けた彼らの声がちいさくなるのを待って、マモちゃんは口を開く。

「でも今、なんかへんだって、わかるよねえ？　って、おれが悪いんだけど……。今ってへんじゃん？」

「へん？」

私はつとめて明るく訊いてみる。

「うん。三人で、すみれさんと三人で遊んでたりするの、なんかへんじゃん？」

「でもそれは」

「そう、おれが悪いの。わかってんの。っていうか、おれ、マジですみれさん好きなわけ。自分でもわけわかんないけど。そんで、すみれさんは、山田さんがいるならとかってすぐ言うから、おれかんたんに山田さん呼んじゃうし」

「うん」

サラリーマンの席に焼酎が運ばれ、歓声があがり、またコノワタ談義がくりかえされ、マモちゃんは口を閉ざす。自分の飲んでいる焼酎の、溶けかけた氷を指でいじっている。額に押しつけていたジョッキを口元に持ってきて私はサワーを飲む。飲んでも飲んでものどは渇いている。

「それで？」

「坂本さんっているじゃん。諸岡さんのパーティにきてた」

つながりがなさすぎてわからなかったが、マモちゃんは葉子のことを言っているらしい。そういえば、私とマモちゃんは葉子の知り合いの家でおこなわれた飲み会で出会った。

「葉子？」私は訊く。

「そう。坂本葉子さん。ぶっちゃけさ、彼女から連絡もらったの。あなたのしていることはおかしいって。海にすみれさんといきたいから山田さんを誘うのはいかれてるって」

夢だとしたらどのあたりからだろうと私はぼんやり考えた。マモちゃんの電話のところからか。サラリーマンが入ってきたところからか。現実の私はとうに家に帰っていて、酔いと熱のせいで、化粧も落とさず台所にひっくりかえって寝ているのではないか。私はもう一度、水滴のはりついたジョッキを額にあてる。それはやっぱり冷たくて、どうやらどこまでも夢じゃないらしい。

「ほんと、自分で自分のこと、馬鹿だって思うけど、そんなこと言われるまで、おれなんにも考えてなくてさ。山田さんの気持ちとか、考えたこともなくってさ。それで、おれ、馬鹿な頭で考えたんだけど、きっとだめなんだ、山田さんみたいな人がそばにいると、無意識に甘えちゃうんだよ。いやだって直接言われないと、わかんないの。だからさ、なんか、ちょっと、ちゃんとしよう？　会うのやめようよ。おれ、だめでもがんばってみっからさ」

頭がどんどんぼんやりしてくる。濃い霧が足元からゆっくり立ちこめていくみたいだ。マモちゃんの独白は、コノワタ問題を執拗《しつよう》に追求するサラリーマンたちの声によってときおり遮られた。彼らの声量があがるとマモちゃんは口を閉ざし、そのたび私はめまぐるしく考えた。最悪の事態を避ける何か有効な策はないか。会わないという無意味な宣言を撤回させるいい手だてはないか。コノワタはなまこのはらわただと、どうぞ背後の彼らが気づきませんように、お願いだからずっと騒いでマモちゃんの話をとぎれさせてくれと、祈りながら私は必死に考える。

マモちゃんは話を中断させて焼酎を飲み干し、おかわりをたのむ。私もすかさずサワーを注文し、乾燥した刺身を箸でいじくりながら、

「マモちゃんてさあ」心を決めて発声する。マモちゃんがこちらを見ている。見かえすことができない。「ひょっとして、すっごいうぬぼれ屋?」

マモちゃんは何も言わない。焼酎とサワーが運ばれてくる。私はごくごくとそれを飲む。横顔にマモちゃんの視線を感じながら、出せるかぎりのなかで一番冷たい声を出してみる。

「そんなさあ、いつまでも私があなたのことを好きでいるとか思ってんの? なんかすごいよね、それって。自分で言ってたじゃん、自分はあんましいけてないって。それ、ごめん、言わせてもらうけど周知の事実」笑ってみる。うまく笑える。びっくりしてしまう。

「そりゃたしかに前は好きだったし、それというのもマモちゃんが最初誘ってくれたから、好かれてんのかなって思って、その気になっただけで、私、好かれると好きになっちゃうタイプなんだよね。でもそんなのとっくに冷めてるよー、わかるでしょそんなの」マモちゃんは焼酎のグラスをのぞきこんでいる。どんな顔をしているんだろう。ほっとしているのか。少しは残念な顔をしているか。たしかめたいが、どうしてもマモちゃんの目を見ら

れない。「海のことも、葉子ちゃんが何を誤解したのかわかんないけど、私はマモちゃんが別荘持ちのイケメンを紹介するって言うからいったんだよ？　なのにこないんだもん、超がっかりだった。でも、帰るわけにいかないじゃん？　すみれさんだってマモちゃんとふたりじゃいやだろうし」ため息をついてみる。すごい、劇団ひまわり。自分でちゃちゃをいれてみるが、もちろんまったくおもしろくない。

しばらくの沈黙のあと、

「そっか、そうだよね」マモちゃんは笑いを含んだ声でつぶやく。「いやー、なんかおれ恥ずかしいわ。電話真に受けちゃって。言っとくけど、おれうぬぼれてこんなこと言ったわけじゃないぜ？　坂本さんて人がさあ、そう言うから、そうなのかなあって思っただけでさあ。なんだ、そうだよね、やだなあ、なんかおれ恥ずかしいじゃんかよう」マモちゃんは言って、笑う。

「だからさ、さっさと別荘持ちのデザイン事務所を紹介してよ。なんだったらさ、すみれさんと四人で飲む？　そんで協力しあおうよ。あんたたちが途中で消えてくれれば、私その日じゅうにお持ち帰りもできるしさ。恋人同士じゃあるまいし、もう会わないなんて阿《あ》呆《ほう》なこと言ってないで、そういう発展的なことを考えてちょうだいよ」

私は言う。笑う。そろそろラストオーダーだと店員に声をかけられ、気づくと店内に客は私たちしかいない。コノワタ談義のサラリーマンたちは、いつのまに出ていったのだろう。コノワタの正体をだれか思い出したんだろうか。何も考えたくないので、しかたなく私はそんなことを考えてみる。

もしほしいものがそこにないのなら——

　電話で話していてもナカハラくんが何を言っているのかさっぱりわからず、とりあえず今会おうよと、私は強く言った。渋っているみたいだったが、根負けしたのか、結局会うことになった。会うことになったはいいが、時間を確認すると深夜一時近くで、ナカハラくんちとうちを結ぶ電車はもう終わっている。それで、双方二十分ほど歩いた場所にある、青梅《おうめ》街道と環状八号線の交差点を待ち合わせに決めて私たちは電話を切った。

　なんだか外に出るのはひさしぶりだった。アルバイトは一週間も休んでいたし、毎日食欲もなく、冷蔵庫の残りものを一日に一度やっと食べるくらいで、買いものにもいっていなかった。

　青梅街道を東に向かって歩く。行き来する車はまばらで、歩いている人は私以外にだれもいない。ときおり、コンビニエンスストアの看板が、手招きするような明るさで点灯している。

マモちゃんと会ってのち、本格的に体調を崩した。あの日は家に帰るなり、食べたものも飲んだものもすべて戻して、熱冷ましの薬とアルコールのとりあわせが悪かったんだろうと思ったが、翌日になっても、その次の日になっても、食べたものは全部吐き、おなかもこわれたまんまで、熱もずっと下がらなかった。起きあがるのすらつらくて、毎日ずっと寝ていた。蒔田さんから電話がかかってきて、いっしょに病院にいこう、と申し出てくれたが、なんだか私の体調不良は、お医者さんがなおしてくれる種類のものではないような気がして、丁重に断った。

ひさしぶりに外界を歩くせいで、やわらかいものを踏んで進んでいる気がしてしまう。青梅街道と垂直に走る環八が見えてきて、ラーメン屋の明かりの下、両親に置いていかれた子どもみたいにしょんぼりと立っているナカハラくんが見えた。

葉子さんに彼氏ができた、とナカハラくんが言うから、いったいどういうことかと思ったら、葉子母が以前言っていた、送り迎え専用の男のことを彼は言っているらしい。と、深夜のラーメン屋で、ナカハラくんと隣り合って座り、ようやく私は理解する。

「それねえ、昔でいうところのアッシーだよ。葉子ちゃんのおかあさんがそう言ってたもん。関係ないよ、そんな男」

ラーメン屋は空いており、金髪の若い店員は真剣な表情で私たちの頼んだ餃子《ギョーザ》を焼く。カウンターの一番隅で、背広姿の中年男がやっぱり漫画を読みながら、ちびちびとビールを飲んでいる。

「うーん、なんか、もういいんす。関係なかろうが、あろうが」

ナカハラくんはやけにしずかな声で言い、私のコップに瓶ビールをついでくれる。

「え、何よ、それ。本当だよ？　その車の男はさ、葉子ちゃんの恋人じゃないんだよ」

「そうなんだろうけど……いやー、こないだその男に送ってもらったっすよ、ぼくも」

ナカハラくんは自分のコップにもビールをつぎ、上下する金色の泡をしばらく見つめている。

「えー、なんでよ、それ」

「いやー、葉子さんに呼び出されて、何人かで飲んで、それで、そいつが車でみんなを送ってくれて。あ、電車終わっちゃったんで。それで、ふたりの話しかたから、この人たちはつきあってはいないんだろうなーって思ったんだけど、なんか、もうどうでもよくなっちゃって。そういうの」

「何それ、全然わかんない、どうでもよくなったって何？」

私の出した声は思いのほか大きかったのだろう、背広男が顔をあげこちらを見ているのが視界の隅に映る。私は口を閉ざす。ちいさな音で昔のロックが流れている。はい、お待ちィ、低く言って金髪が餃子の皿を私たちの前に置く。餃子にラー油をたっぷりつけて、口に運ぶ。何日かぶりに食べる人間らしい食事。

「その男が、葉子さんを好きなのはわかるんす。葉子さんはすてきだからそりゃ好きになるだろうとも思うし。そんで彼は、まあ、いつか恋人になれるんだろうって思ってるんすよ。最初ぼくがそうだったように。送り迎えとかしたり、たのまれたことやってるうちに、きっと今よりしたしくなれるんだろうって、思ってるわけっす」

「ナカハラくん、餃子うまいよ、食べなよ」

私は言う。ナカハラくんは言われるまま割り箸《ばし》を割り、どうでもよさげに餃子を口に運んで、咀嚼《そしやく》しながら続ける。

「でもさ、そんなことはなくって」

「それで何？　自分を見てるようで嫌気がさしたの？」

「違う違う、そんなんじゃないっす。あのね、テルコさん、その男ね、すげえださいわけ」

「ださいの？」

金髪はカウンターの内側で、今度は私たちのラーメンをつくりはじめる。器を用意し、麺《めん》を茹《ゆ》ではじめる。

「ださいっていうよりも、なんでもないというのか……ほんっとなんでもない男なんすよ。車はトヨタで、バナナリパブリックのTシャツ着て、ストーンウォッシュ今どき入ってる？　って心配になるようなジーンズはいて、話してると会話がワンテンポずれるの、髪が異様に濃くてさあ」

私は笑った。ナカハラくんもそこまで言って、ふきだしてしまう。

「でもさ、彼は彼なりに、葉子さんに尽くしてるんすよ。で、それ見てたら、なんかさあ、この人を好きだと思って、この人のために何かしたいと思って、でも、いったいぼくや彼に何ができるんだろうとか考えちゃって」

「うーん、それで、さっき電話で言ってた、もうたぶん葉子さんに会わないって、どうつながんの？」

私たちの前にラーメンの器が置かれる。茶色いスープに、半熟のゆで卵と焼豚がのっている。「うまそっすね」ナカハラくんは言い、私たちはしばらく無言で麺をすする。隅で漫画を読んでいた男は立ち上がり、会計をすませて深夜の町に出ていく。熱気を含んだ風が出入り口から一瞬吹きこみ、すぐに店内に充満する麺のにおいにまぎれる。

「うん、自分でもうまく言えない」ナカハラくんは麺をつかんだ箸を空中で止め、つぶやく。「なんでもない男がさ、恋人になろうってあれこれ努力してて、でもそんなの、葉子さんには全部迷惑じゃないかって思ってきて」

「って、やっぱバナナリパブリックに自分を見たってことじゃん」

「それでもいいっす。そういうことなのかもしれないっす。でも、思ったんすよ。純粋に人を好きでいるってどういうことなのかって。そしたら、ぼくやバナナリパ男みたいに、物欲しげにうろついてんのってちがくないかって」

ナカハラくんはそこで言葉を切り、ふたたびラーメンを食べはじめる。私もうつむいて麺をすする。にんにくのにおいで顔のまわりがいっぱいになる。私とナカハラくんの真ん中に置いてある皿の上では、餃子がもう冷めてしまって油が浮いている。私はそれになんとなく箸をのばし、餃子を口に入れ、入れたとたん後悔し、ビールで流しこむ。ナカハラくんはビール瓶をかたむけて空なのを確認し、ビールもう一本ください、とカウンターに声をかける。金髪のおにいさんがてきぱきとビールを私たちの前に置く。

「物欲しげ」ナカハラくんの言葉をくりかえしてみる。「純粋に」ナカハラくんは私のコップにビールを注ぐ。液体のなかで泡がゆっくり上下する。「何ができるか」

「ひょっとしてこういうの、とんこつしょう油系って言うんですかね」ナカハラくんはそんなことを言っている。

「そうかもしれないし、そうじゃないかもね」私は適当に答える。しょう油系だろうが味《み》噌《そ》系だろうが、とんこつ系だろうがバナリパだろうが、純粋に好きだろうが不純に好きだろうが、そんなこと、本当にどうでもよかった。

私が呼び出したのに勘定はナカハラくんが払ってくれた。まだ夏のさなかだけれど、店の外に出ると一瞬、冬の深夜みたいなにおいが鼻先をかすめ、いったい自分がどこにいるのかわからなくなる。

「ナカハラくん、直接会って話を聞いてもよくわかんないままだけど、じゃあ本当に、ナカハラくんは葉子を好きでいるのをやめるわけ？」

言いながら、へんな言いまわしだ、と思った。好きでいるのをやめる、なんて。

「やめるっす」ナカハラくんは即答する。「もう会うこともないだろうし、連絡もしないだろうな。あっ、テルコさん、西荻方面まで送ります」

いいよ、環八からタクシー乗りなよ、と言おうとして、気づいた。ナカハラくんが葉子に二度と会わないのなら、たぶん私と会うのもこれが最後なのだろう。

「じゃ、送って」

私は言って、ナカハラくんと肩を並べて青梅街道を歩きはじめる。トラックが轟音《ごうおん》をあげて通りすぎる。バイクが数台通りすぎる。遠くコンビニエンスストアの明かりが見えるが、ほとんどの商店はシャッターを下ろし、電飾看板の明かりももう消えている。

「ナカハラくんさ」歩きながら私は言う。「前さ、言ってたよね。あーだれかと話したい、酒飲みたいってどうしようもなく思ったときにさ、だあれもいなくて、アドレス捜してさ、でも軽く電話できる相手がだれもいないなってときに、思い出してもらいたいって」

「うん」ナカハラくんはうなずく。

「葉子がそうなったらどうすんの？　放っておくの？」

ナカハラくんは隣を歩く私を見おろし、やわらかく笑う。

「ぼくね、わかったんす。葉子さんはそうならない。夜半に無性に人に会いたくなるのは、ぼくとか、テルコさんみたいな人種なんすよ。そもそも突然たまらなく人恋しくなるような人だったら、ぼくらみたいな行動に……って、まあ程度の差はあるだろうけど、ぼくらみたいなこと、なんかしらしてますよ。そうならない人だから、ぼくらみたいのが寄っちゃうんすよ」

「何その、ナカハラ理論。へーんなの」

私たちは青梅街道を曲がり、ひっそりとしずまりかえった住宅街を歩く。まったく人通りがない。街灯に照らしだされた暗い道が、まっすぐどこまでも続いている。ところどころに、信号機の光が飴玉《あめだま》みたいに浮かんでいる。

ナカハラくんはおそらく、交際もできないのに葉子を好きでいること、好きでいて、あれこれと彼女の欲求を満たしてやることに疲れたのでは、けっしてないだろうと思った。たぶん、自分自身に怖《お》じ気づいたんだろう。自分のなかの、彼女を好きだと思う気持ち、何かしてあげたいという願望、いっしょにいたいという執着、そのすべてに果てがないことに気づいて、こわくなったんだろう。自分がどれほど痛めつけられたって、傷ついたって、体がつらいと悲鳴をあげたって、そんなのはへのカッパなのだと、じきに去っていくであろうバナリパ男を見て知ってしまったんだろう、きっと。

「ストーカー同盟も解散か」

私は笑って言ってみたが、ナカハラくんは笑わない。何も言わない。私たちはしばらく無言で歩く。汗がしたたり落ちて背中を流れていく。細い川に橋が架かっている。橋から川を見おろすと、黒い水面に街灯が映って揺れている。

アパートの前まで送るとナカハラくんは言ったが、私はそれを断って、駅に向かう彼についていった。しずまりかえった住宅街の向こう、やがて暗闇のなかに沈む駅の看板が見えてくる。ロータリーに灯《とも》る街灯が夜を白く照らしている。タクシー乗り場に向かってナカハラくんは歩く。

「またね」

また会う機会などないだろうけれど私は言う。ナカハラくんはふりむいて手をふる。その笑顔は、なぜか無性に私を苛立《いらだ》たせた。

「好きな女のために身を引くようなこと言っちゃって」離れていくうしろ姿に向かって、気がついたら叫んでいる。「結局、毛の濃いバナリパ男に負けたんじゃん。見返りがないのになんかするのが馬鹿馬鹿しくなったんじゃゃん。飽きたんだよ、好かれないのに好きでいることに。餃子《ギョーザ》の皮こねても置いてかれるのがつらいんでしょ」

ナカハラくんはゆるゆるとふりかえり、私を見てふたたび笑い顔をつくる。置いてきぼりの子どものなさけない笑顔。

「あんたの言ってることは全部きれいごとだよ！　手に入りそうもないから、涙飲んであきらめたんだって、正直に言えばいいじゃんか！　私はそんなきれいごとは言わない、みっともなくたって物欲しげにうろつくよ」ナカハラくんはタクシー乗り場にたどりつく。停まっていた一台がドアを開ける。「べつになんにもいらないって言ってたじゃん！　ずっとツカイッパ要員のままでいいって！」

ナカハラくんはタクシーに乗りこむ。乗りこむ瞬間に、もう一度ドアの向こうから大きく手をふる。タクシーは音もなく走り去り、

「うるせえ！　酔っぱらい！」

どこかの窓から私に向けたのであろう怒鳴り声が響きわたる。ふりむくと白くまるい月があった。

帰る家を見失いいっしょに彷徨《さまよ》っていると思ったもう一匹は、みずから場所をさだめてそこに去ってしまった。あああ。またひとり。これからたったひとりで、どんなに馬鹿らしいことも無意味なこともやらなくてはならない。煩悩が目減りするようにと、月に向かってともに祈ってくれる朋友《ほうゆう》はもういないのだから。

たとえば百人の女子が見たら、全員とは言わないまでも、たぶん九十人近くが、マモちゃんよりその男のほうが見栄えがいいと言い切るだろう。いくら私がマモちゃんに対して盲目だろうと、そのくらいのことはわかる。

マモちゃんとすみれさんが並んで座り、私とその男、神林《かんばやし》くんがその向かいに座っている。たったひとりでも、私たちと無関係の人間がそこにいると、抜群に呼吸がしやすかった。三人で飲んでいるときの、あるいは海にいったときの、あの窒息しそうな煮詰まった空気を、見知らぬひとりの男の子が空気穴となって抜いてくれているような錯覚すら覚える。

大きく息を吸って、吐いて、そうしてまわりを見渡してみれば、居酒屋も店員もメニュウも、ずいぶん快適に感じられた。薄暗い店内にはどことなく高級感が漂っているのに、メニュウの品々は格安居酒屋並みに安く、店員たちは一様に腰が低く親切で、私の隣に座るマモちゃんの友人も、こざっぱりと清潔な、垢《あか》抜けた顔立ちの青年であり、世のなかは明るく、たのしく、便利で、わかりやすかった。

「ここって豆腐とか湯葉が有名なんだけど、山田さんてそういうの平気?」

ビールで乾杯してからメニュウを広げ、神林くんが訊《き》く。あ、平気っす、と、どぎまぎしながら答える。一般的にかっこいい神林くんに緊張しているのではない、この明るくわかりやすい世のなかに、私の周到な打算がばれませんようにと願うあまり、挙動不審になっていないか不安なのだ。

「私は豆腐とかよりがつんと肉のほうが好みだけど」

右手に煙草をはさんですみれさんが不機嫌そうに言う。

「あ、でもほら、角煮とかあるし」

マモちゃんがすみれさんのメニュウをのぞきこみ何かを指さしている。

「汲《く》み上げ湯葉とかっていいんじゃない」

「じゃあ適当にオーダーしちゃうよ」

神林くんは店員を呼び、てきぱきと注文をすませ、私たちはふたたび意味もなくビールグラスをあわせてみる。

「あんた伊豆のリゾートマンションの人なんでしょ？　あそこ、すっごいいいよねえ。また呼んでよ」

　身を乗りだしてすみれさんが言う。

「リゾートマンションの人って言うとなんかセールスみたいだけど」神林くんが笑う。

「あそこ、秋とか冬でもけっこういいんだよな？　冬のが魚うまいのあるし、温泉もけっこうあるし、人とかいなくてすげえのんびりできて」マモちゃんがすみれさんに言う。

「てゆーかあんたのじゃないじゃん。この人のじゃん」すみれさんが言う。

「いや、おれのもんでもないし、あれ、親のだから。あそこ老後用っつって買って。でもまだ老後とかって認めたくなくてこっちにいるんで、ほんと、またいつでも使ってください。おれも今度はいくし」神林くんは笑う。笑うと右頬にえくぼができる。「そういえば山田さんて、健康ランドで働いてるって本当？」私を正面から見て訊く。

「あ、ほ、本当っす」あいかわらず緊張して私は答える。

「テルちゃーん、何かたくなってんの？　ひょっとしてテルちゃん、この人かっこいいから照れてるの？　いつも田中くんみたいのしか見てないから、たまに好青年に接すると緊張するんじゃない」

「何それ、なんで神林がかっこよくて、おれみたいのとか言われなきゃなんないわけ？」

「てゆーか、神林くんてまじで彼女いないの？　なんで？　特殊な趣味？」

「いやこいつ、ほんっとに忙しいんだって。な？　洗濯もの、段ボールに詰めて実家に送ったりすんだぜ」

「田中くんに訊いてないよ、私はこの人に訊いてんの」

「うわ、なんだよすみれさーん、冷たいじゃん、今日ー」

「田中くん、ちょっとビールないから焼酎《しょうちゅう》たのんで、ボトルでいいよ」

笊《ざる》豆腐が運ばれてきて、汲み上げ湯葉セットが運ばれてきて、角煮、しゅうまいと続く。すみれさんとマモちゃんと神林くんは、がやがやと皿を配ったり薬味をまわしたりする。

こんなにたのしそうなマモちゃんをはじめて見た。きっと今日は彼も呼吸がしやすいのだろう。楽に息が吸えて、楽に笑えるのだろう。こんな方法があるのなら、もっと早く気づいていればよかった。そうしたら、くだらないことでマモちゃんを悩ませることもなかった。

薄暗い店内はほぼ満席で、ざわめきが一定の音量でずっと続いている。三人は料理を食べながら軽口をかわし、「ほらテルちゃん」「山田さん、これ」だのと、私の皿に料理をとりわけて入れてくれる。私は隣に座る見知らぬ男に見入る。短い髪、つるりとした肌、焦げ茶のフレームの眼鏡、右頬にできるえくぼ。この人とうまいこと交際にもちこむことが果たしてできるだろうか。この人に気に入られるように、万全にしてきた。あたらしい服も買ったし、美容院は昨日いった、今日の化粧のために雑誌数冊とあたらしい化粧品を買いこまなければならなかった。今日はアルバイトも休んで、午前中から支度していたのだ。そのあいだずっとわくわくしていた。マモちゃんに会うためにタクシーに乗り、後部座席で眉《まゆ》を描いたあのときと寸分たがわずに。

「テルちゃん、神林くんのこと見つめちゃってるけど」

焼酎のロックを私に手渡し、すみれさんが言う。私は自分をせいいっぱい鼓舞して、言う。

「だって神林くんかっこいいからさ、緊張しちゃって」

「惚《ほ》れた？　山田さん」マモちゃんが訊く。

「惚れたっすー、まじ惚れたっす」

私は言って、笑う。神林くんも照れたように笑う。マモちゃんも笑っている。すみれさんだけが、意味不明だという顔で私を見、

「てゆーか、テルちゃんて田中くんが好きなんじゃなかったの」

唐突に訊く。

「そんなわけないじゃん、すみれさん、マモちゃんはいい人だけど、好きにはならないっしょ。だって田中くんだよ？」

幾度も心のなかで練習したとおり、鼻で笑って私は言い、笑う。ひでえなあ、マモちゃんも笑う。

焼酎のボトルが空くころ、神林くんがトイレに立った。もう一本焼酎追加だの、今度は日本酒だのと言い合うマモちゃんとすみれさんを置いて、私も席を立つ。男子トイレの前で、神林くんを待った。赤い顔をしてトイレから出てきた神林くんに私は近づき、耳打ちする。

「あとでばっくれちゃおうよ。マモちゃんはあの人とふたりになりたいみたいだしね？」

「まじ？」神林くんは笑う。「そうだよな、親友のために協力しなきゃな。じゃ、二次会いくあたりで消える？」

私はピースサインをつくって女子トイレに入る。満面に笑みを浮かべた自分が鏡の向こうにいる。思いのほかうまくことは進むかもしれない。焦げ茶眼鏡の好青年に私はまったく興味が持てないが、けれどきっと寝ることはたやすい。何しろ、彼とともにいるかぎり私は永遠にマモちゃんを失うことがない。

マモちゃんの恋人ならばよかった、母親ならばよかった、きょうだいならばよかった。もしくは、三角関係ならばよかった、いつか終わる片恋ならよかった、いっそストーカーと分類されればよかった。幾度も私はそう思ったけれど、私はそのどれでもなくどれにもなり得ず、そうして、私とマモちゃんの関係は言葉にならない。私はただ、マモちゃんの平穏を祈りながら、しかしずっとそばにはりついていたいのだ。賢く忠実な飼い犬みたいに。そうして私は犬にもなり得ないのだから、だったらどこにもサンプルのない関係を私がつくっていくしかない。

私を捉《とら》えて離さないものは、たぶん恋ではない。きっと愛でもないのだろう。私の抱えている執着の正体が、いったいなんなのかわからない。けれどそんなことは、もうとっくにどうでもよくなっている。しょう油とんこつでも味噌《みそ》コーンでも、純粋でも不純でも。

トイレから出、座席に戻る。マモちゃんとすみれさんはまだ焼酎か日本酒かでもめている。

「ねえねえ、じゃあ店をかえようよ、焼酎だかは日本酒だかは次の店で飲もう！」

私は明るく言いながら、彼らの返答も訊かず帰り支度をはじめる。神林くんと目が合い、彼が意味ありげな目配せをするので私は笑ってそれに応《こた》える。一瞬、泣きそうになる。けれどそれは本当に一瞬で、次の瞬間、私は前を歩く神林くんの腕をとり、ふりかえって、席を立とうとしているマモちゃんにゆっくりと笑いかける。

解説

島本理生

子供の頃は、恋といえば、片思いがほとんどだった。

「いいえ、私は初恋だって最終的には両思いになれたし、片思いしたことなんてありませんよ」

という人は、もちろんこの世のどこかにはいるかも知れないが、そんなに多数ではないだろう。やはり最初のうちは誰だって、好きになってしまったけれど、どうすればいいのか分からない。相手に気にいられようとしたり、わざと気のないふりをしたり、もっと奥手な人なら、相手に声もかけられなかったり。そういうのがオーソドックスなパターンだろう。

だけどそうやって経験を積むうちに人は大人になっていく。大人になってからの片思いを持続するのは、ある意味、両思いになることよりも難しいのではないかと思う。駆け引きや計算が上手《うま》くなり、この恋は実りがないと悟れば自ら撤退するという術《すべ》も身につける。

仕事や結婚のことが目の前に迫ってくると、あまりにも脈がない相手に片思いして時間や労力を費やすことが無駄だ、という考え方をする人も多くなる。

だから大人になってからもずっと片思いが出来る人というのは、純粋な反面、ちょっとバランスの悪い人なのかも知れない。

主人公のテルちゃんは、仕事も友達もそっちのけにして、いつもマモちゃんを最優先させる。普通、こんなことをしていたら、社会生活に支障が出ることは分かり切っている。テルちゃん自身も「こんな女、近くにいたら私だって嫌いになる」と思っている。

もしもこれが、お互いに気持ちが通じ合っていて安定している恋ならば、どんなに熱中してもテルちゃんはこんなふうにはならなかったかも知れない。そして、まわりの風もそんなに冷たくはなかっただろう。

だけどマモちゃんとテルちゃんの関係はフィフティー・フィフティーじゃなく、あきらかにテルちゃんのほうが一方的にふりまわされている。テルちゃんはマモちゃん以外のたいていのことを「どうでもいい」に分類しているが、無意識のうちに一番「どうでもいい」に分類してしまっているのは、自分自身ではないかと思う。自分自身を大事にしていなければ、自分に関するすべてのことを放り出すのもたやすい。逆にいえば、そんなふうに何も見えない状態になるぐらいじゃないと、大人になってからの片思いなんてできない。

不安定な片思いは、社会生活を送る上で非常に弊害となるのだ。

しかもテルちゃんのやり方は不器用な子供みたいだ。頭の中では色々と画策したり、細かいことに気をまわして、一見、計算しているような動きを取っているが、そこに大人の器用さはない。代わりにあるのは、マモちゃんに一分でも一秒でも多く会いたい、という気持ちだけだ。だから、あるときはマモちゃんからの電話を予期してわざと残業し、またあるときは仕事の後も彼の職場のそばで待機する。相手の役に立つことが気に入られることだと思い、野球のチケットを取るために涙ぐましい努力をし、ホワイトデーのチョコまで買いに行く。テルちゃんの頭の中は、マモちゃんに対する自分の気持ちや妄想や不安で埋め尽くされて、そこには現実のマモちゃんの感情すら入り込む隙がないように感じる。

片思いは、相手が参加していない恋の形だ。こちらがどんなに一方的に相手へ愛情という名の球を投げていても、同じものは返ってこない。仮に返ってきたと錯覚しても、それはまったく違うものだったりする。

テルちゃんはマモちゃんに対して、色々な球は投げるが、相手から返ってきたものを冷静に受け取るのは苦手だ。取り逃がしたり、変化球を直球と勘違いしたりする。だからテルちゃんの努力は空回りで、マモちゃんはすみれさんに惚《ほ》れてしまう。挙げ句の果てには「逆自意識過剰」とまで言われてしまうのだから、ああ、なんて不毛なんだろう！　そんなふうに心の中で叫びつつも、テルちゃんの気持ちにばっちり共感してしまうのは、その不毛さ、自分の気持ちすら持て余してしまう盲目さこそがまさに片思いの神髄だからだろう。

人間は他人のことだったら、いくらでも客観的に見ることができる。だけど、それが自分のこととなると、途端に見失うものだ。テルちゃんも友人の葉子と二人きりのときには、彼女の下ネタ混じりの揶揄《やゆ》に怒りつつも笑うことができるのに、一人になった途端、またマモちゃんに対する終わりなき感情に脳裏を支配されてしまう。その切り替えられなさは、叶《かな》わぬ恋や泥沼の恋にはまったことが一度でもある人なら、誰しも経験があるはずだ。

『愛がなんだ』には、そんなふうに随所におそろしいほどのリアリティを感じさせる描写があって、ページを捲《めく》るたびに、人ごととは思えない気持ちになる。

ただ、それでもテルちゃんほど徹底できる人は現実にはそんなに多くなくて、たぶんほとんどの人々はその後、片思い同盟相手のナカハラくんのような流れになっていくのだろう。

同盟解散の夜、ナカハラくんは、テルちゃんに言う。

「なんでもない男がさ、恋人になろうってあれこれ努力してて、でもそんなの、葉子さんには全部迷惑じゃないかって思ってきて」

どんなに努力しても、自分は相手の特別にはなれない。相手にとっても、自分にとっても、恋とはそういうものじゃない。そう悟ったナカハラくんはさらに、葉子は夜半に急に人恋しくはならない人種だと言い「そうならない人だから、ぼくらみたいのが寄ってっちゃうんすよ」と締めくくる。それはたしかに一つの真実で、多くの人はそうやって自分が正しいと思える理由を見つけることで、実りのない片思いを終わらせるのだろう。

だけどテルちゃんはラストでまったく違う道を見出《みいだ》す。テルちゃんの取った行動も、また一つの真実であると思う。相手が好きだからこそ離れる。相手が好きだからこそ、どんな形でもいいから、そばにいる。それはどちらが正しいということではなく、ますますイバラの道に進むであろうテルちゃんを、大丈夫かなあと心配するような気持ちで見送りつつも、自分だったらどうするかと考えたとき、もしかしたらテルちゃんと同じことをするかも知れない、と思ってしまった。

多くの映画やドラマに出てくる人達はみんな、かっこよく生きている。だけど現実はもっと情けない。執着や嫉妬《しっと》にまみれたり、そこからなんとか逃げようとして冷静を装ってみては失敗したり、そんなふうに足掻《あが》くたび、現実と理想とのギャップに愕然《がくぜん》とする。

だけど角田さんは、そんなふうにかっこいいドラマになれない人たちをあえて書く。だから本を読むたびに、本音を言い当てられたような気持ちになるし、自分と同じようにかっこよくなれない人がいることに安堵《あんど》する。かっこわるい姿は、時として、すごくわずらわしくもあるけど、それと同時にどこか愛《いと》しくもあったりする。なぜならそんなふうにかっこわるい姿こそ、生身の人間らしさであり、自分らしさというものなのだから。

本書は二〇〇三年三月、メディアファクトリー
より刊行された単行本を文庫化したものです。

愛《あい》がなんだ

角田光代《かくたみつよ》

平成18年 2月25日　初版発行
令和4年 8月5日　30版発行

発行者●堀内大示

発行●株式会社KADOKAWA
〒102-8177　東京都千代田区富士見2-13-3
電話　0570-002-301（ナビダイヤル）

角川文庫 14125

印刷所●株式会社暁印刷
製本所●本間製本株式会社

表紙画●和田三造

●お問い合わせ
https://www.kadokawa.co.jp/（「お問い合わせ」へお進みください）
※内容によっては、お答えできない場合があります。
※サポートは日本国内のみとさせていただきます。
※Japanese text only

ISBN978-4-04-372604-2　C0193

◇◇◇

角川文庫発刊に際して

角川源義

第二次世界大戦の敗北は、軍事力の敗北であった以上に、私たちの若い文化力の敗退であった。私たちの文化が戦争に対して如何に無力であり、単なるあだ花に過ぎなかったかを、私たちは身を以て体験し痛感した。西洋近代文化の摂取にとって、明治以後八十年の歳月は決して短かすぎたとは言えない。にもかかわらず、近代文化の伝統を確立し、自由な批判と柔軟な良識に富む文化層として自らを形成することに私たちは失敗して来た。そしてこれは、各層への文化の普及滲透を任務とする出版人の責任でもあった。

一九四五年以来、私たちは再び振出しに戻り、第一歩から踏み出すことを余儀なくされた。これは大きな不幸ではあるが、反面、これまでの混沌・未熟・歪曲の中にあった我が国の文化に秩序と確たる基礎を齎らすためには絶好の機会でもある。角川書店は、このような祖国の文化的危機にあたり、微力をも顧みず再建の礎石たるべき抱負と決意とをもって出発したが、ここに創立以来の念願を果すべく角川文庫を発刊する。これまで刊行されたあらゆる全集叢書文庫類の長所と短所とを検討し、古今東西の不朽の典籍を、良心的編集のもとに、廉価に、そして書架にふさわしい美本として、多くのひとびとに提供しようとする。しかし私たちは徒らに百科全書的な知識のジレッタントを作ることを目的とせず、あくまで祖国の文化に秩序と再建への道を示し、この文庫を角川書店の栄ある事業として、今後永久に継続発展せしめ、学芸と教養との殿堂として大成せんことを期したい。多くの読書子の愛情ある忠言と支持とによって、この希望と抱負とを完遂せしめられんことを願う。

一九四九年五月三日

角川文庫ベストセラー

今日も一日きみを見てた　角田光代

最初は戸惑いながら、愛猫トトの行動のいちいちに目をみはり、感動し、次第にトトのいない生活なんて考えられなくなっていく著者。愛猫家必読の極上エッセイ。猫短篇小説とフルカラーの写真も多数収録！

幸福な遊戯　角田光代

ハルオと立人とわたし。恋人でもなく家族でもない者同士の共同生活は、奇妙に温かく幸せだった。しかし、やがてわたしたちはバラバラになってしまい——。瑞々しさ溢れる短編集。

ピンク・バス　角田光代

夫・タクジとの間に子を授かり浮かれるサエコの家に、タクジの姉・実夏子が突然訪れてくる。不審な行動を繰り返す実夏子。その言動に対して何も言わない夫に苛つき、サエコの心はかき乱されていく。

あしたはうんと遠くへいこう　角田光代

泉は、田舎の温泉町で生まれ育った女の子。東京の大学に出てきて、卒業して、働いて。今度こそ幸せになりたいと願い、さまざまな恋愛を繰り返しながら、少しずつ少しずつ明日を目指して歩いていく……。

いつも旅のなか　角田光代

ロシアの国境で居丈高な巨人職員に怒鳴られながら激しい尿意に耐え、キューバでは命そのもののように人々にしみこんだ音楽とリズムに驚く。五感と思考をフル活動させ、世界中を歩き回る旅の記録。